高等师范院校
美术专业教程

GAODENG SHIFAN YUANXIAO
MEISHU ZHUANYE JIAOCHENG

摄影

分册主编 · 胡中节
编　　著 · 罗　戟
　　　　　胡中节

凤凰出版传媒集团　江苏美术出版社

目录

《高等师范院校美术专业教程》
编 委 会

总 论

摄影术虽然没有绘画、音乐、雕塑等其他艺术门类诞生的时间久远，但是，由于其自身可以记录客观世界的功能以及它方便易学的特性，深受大众喜爱而广泛流行。摄影术在其诞生之后的短短100多年里飞速发展，很快成为继音乐之后最普及、也最受人们喜爱的艺术之一。

从远古的西班牙阿尔塔米拉、法国拉斯科洞窟壁画可以看出，用图像记录自身的生活经历、表达自己内心的愿望，一直是人类的梦想。在摄影术没有诞生之前，人类通过绘画来记录客观世界，通过画布和颜料描绘出自己理想的精神家园。1826年法国人约瑟夫·涅谱斯拍摄的人类历史上第一张照片——《格拉次(Graz)窗外的风景》，证明了人类还可以用一种新的方式记录客观世界的景象，同时这张照片也向世界表明了摄影术的诞生，摄影拓展了人类视觉造型的空间，丰富了人类视觉造型的实现手段。

160多年来摄影在技术上不断地改进和完善，从最初的使用化学方法显示影像，到现今建立在计算机技术基础上的数字成像技术的飞速发展，摄影的作用遍及各行各业，我们生活的世界无时无处不充斥着图片、影像，读图时代悄然而至。

摄影术在技术上的每一次发展，都会更进一步地丰富我们的生活，也在帮助人类不断改变着对世界的认识。同时，摄影技术的进步和操作的便利，可以使人们轻松地进入图像世界。从记录日常生活内容的照片到商品广告摄影图片，从新闻报刊、杂志图片的登载到图像国家地理研究，从科学文献的图片记载到艺术情感表现的艺术摄影，几乎都可以让你与摄影图像相遇。

随着人类文化的发展，摄影艺术的表现形式一直在挑战着人类的想象力，摄影艺术创作也由始初的模仿绘画的“高艺术摄影”、“画意摄影”发展到现在具有强烈摄影语言特征的超现实主义摄影、后现代摄影、观念摄影等。可以说，人类对于图像再现的愿望，在摄影术的帮助下，得到了极大的满足。

近年来，国内摄影界开始关注摄影教育，很多高校开设了摄影课程，也有相当一部分艺术院校建立了摄影专业。随着学习摄影人数的增多，迫切需要专业的摄影书籍来帮助学习者增强摄影系统理论知识的学习，提高摄影技术水平。而市场上目前所能见到的摄影教材，少有能够全面满足教学需要者，多数仅限于对摄影技术的介绍，论及摄影独特表现语言的图书更是少之又少，且大多停留在基本的构成形式和基础表现语言的层面。

因此，系统地介绍摄影的最新应用技术，提供专业的摄影表现语言的训练方法，从本质上提高学习者的摄影水平，是我们撰写本书的目的。

本教程主要分三大单元。第一单元是摄影“技术基础”，主要从照相机的构造原理讲起，讲解照相机的基本知识、照相机的附件、摄影感光材料、摄影曝光控制、暗房技术应用，以及数码相机的色彩管理、数字影像的输出等方面的知识。

教程的第二单元“影像的创造元素”，是本书讲述的重点。在这部分中我们通过13讲的内容，向大家全面讲述怎样通过摄影语言来进行思想和理念的表达。在整个教程中我们阐述了全新的关于摄影表现语言的观念，如关于摄影时间性的提出、摄影表述语言的运用等，打破了提到摄影艺术就讲摄影构图和怎样用光等传统观念。

教程的第三单元是“摄影的运用”，主要包括艺术摄影、商业摄影、新闻纪实摄影，以及生活娱乐摄影四个部分。通过这四个部分的讲述，我们可以从摄影的基本技术到表现语言，以及最终摄影在现实中的实际应用做一个全面的认识和了解。

本书提倡的是一种科学的学习方式，在每讲之后，都会要求学生搜集相关作品，对相关主题做背景资料调查，并以文字的方式做出图片的摄影艺术和技术分析。同时还要求学生学会以工作日志的方式记录自己的创作过程。这种方法强调了思想和手段的统一，通过不断地思考和研究，可以进一步加深学生对课题的印象，从而达到理想的教学效果。随着课程的不断深入，这种系统记录的方法还可以帮助学生培养学习管理的能力，对今后的发展方向有着至关重要的作用。

本教程的附录部分还附有近百条摄影基础知识问答题。这些题目以填空、名词解释以及简答三种方式出现，其目的是帮助读者巩固摄影基础知识，提高摄影的理论水平。有些习题是从历年的高考试题中择选出来的，读者通过这些习题可以检测自己对整个摄影技术的掌握情况。希望这本教程能够对广大摄影专业的学生和摄影爱好者有一定的帮助。

本书编撰过程中，我系的老师与研究生们做了大量的工作，他们是：靳泉、周婷、徐雪寒和段力等，在此对他们及关心本书撰写的专家们致以谢意。

第一单元　技术基础

[教学目的] 掌握照相机的成像原理，各主要部件的名称、使用方法及特性，熟练使用各种附件，掌握基本的暗房工艺。了解数码照相机的工作原理，掌握数码照相机的使用方法以及后期图像处理的基本方法。

[教学重点与难点] 重点是理解照相机的工作原理及掌握控制曝光的技术；难点是暗房技术与黑白照片的制作。

第一讲　照相机

照相机是我们进行摄影必不可少的工具。1839年8月19日，法国人路易斯·达盖尔（Louis Daguerre）在法国科学院向全世界宣布了银版摄影术。自摄影术诞生以来，照相机的性能和技术的发展极为迅速，各种品牌、型号的照相机层出不穷。经过160多年的发展，照相机的技术与功能也日臻完善，成为人们日常生活中不可或缺的工具之一。

照相机的基本构造分为两个部分——光学系统和记录系统。光学系统对光线进行汇聚，记录系统（胶片或数码感光元件）将这些汇聚的光线记录下来，形成图像。

关于光线成像的理论，可以追溯到数千年以前古人论述的小孔成像现象。我国春秋战国时期墨家学派著作总汇《墨子》对于小孔成像的论述是世界上关于这一现象的最早阐述。《墨子》从光的直线传播原理出发，提出了光与影、物之间的关系，并对平面镜成像进行了介绍，叙述了凹面镜、凸面镜成像的规律。

其中，凸透镜成像是人们早已熟知的一种光学现象。现代照相机就是使用凸透镜作为光学系统的主要元件，来汇聚光线进而形成影像的；被摄体通过照相机镜头被摄入照相机，再通过光圈、快门的配合在焦平面和胶片上结成影像。(图 1-1)

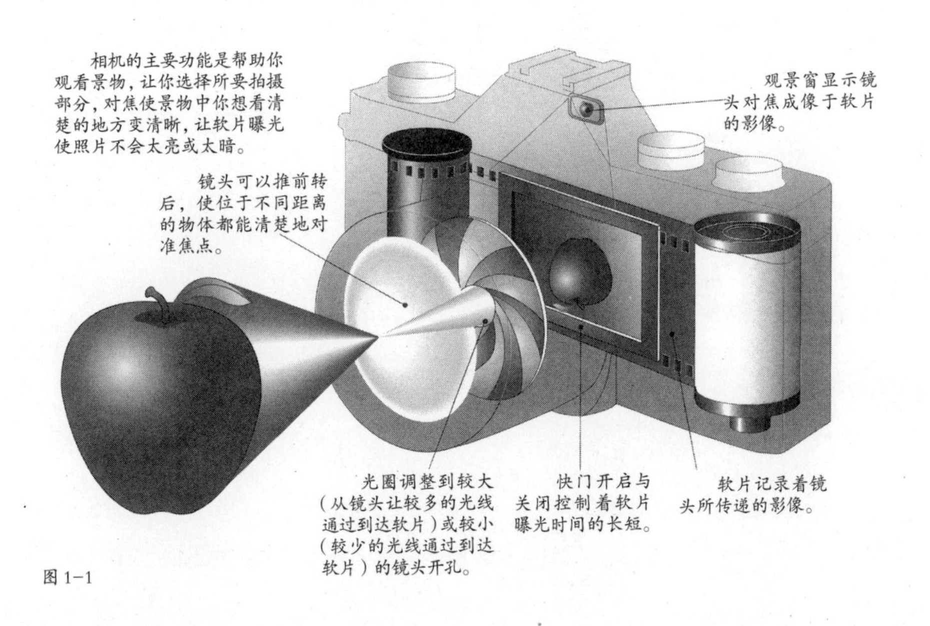

图 1-1

一、照相机的类型

照相机种类繁多，按存储方式可分为传统胶片照相机和数码照相机。

通常按使用的胶片尺寸可分为小画幅、中画幅和大画幅；也可以按取景系统的不同，分为平视取景照相机和单镜头反光照相机。此外还有双镜头反光照相机、折叠式照相机、座机等等。通常情况下，我们将照相机分为以下几类。

1.单镜头反光照相机

单镜头反光照相机，简称单反照相机，它依靠一个光学系统完成目视取景和影像记录工作，只有一个镜头。单镜头反光照相机的机身内部有一个反光镜和五棱镜，当目视取景时，光线通过镜头被反光镜反射，再经过五棱镜折射，进入人的眼睛里。当正式拍摄，按下快门释放钮时，反光镜抬起，快门打开，光线进入胶片或数码感光元件。

图1-2 哈苏501手动单镜头反光照相机

单镜头反光照相机的镜头大多是可以拆卸的，可以使用多款不同型号的镜头，为摄影者进行创作提供了有利条件。但在为机身购买镜头时，要注意镜头的卡口要与机身相配。因为不同的照相机厂商生产的镜头卡口是不同的。单镜头反光照相机的配件也非常丰富。每一款单镜头反光照相机都可以使用多种闪光灯、滤镜及其他配件，深受摄影爱好者的喜爱。

单镜头反光照相机取景和拍摄共同使用一套光学系统，所以不会产生旁轴取景照相机的空间误差问题。但是，当快门释放时，取景的反光镜会抬起，遮挡了进入眼睛的光线。这段时间里，取景器中是黑黑的一片，没有任何影像。这一时间误差可能会影响到拍摄者对拍摄对象的观察；由取景方式转换到拍摄方式所花费的时间，也可能会使拍摄者错过一些非常好的瞬间。

从自动化程度来分，我们把单镜头反光照相机分为手动单镜头反光照相机（图1-2）和自动单镜头反光照相机（图1-3）。

图1-3 尼康F6自动单镜头反光照相机

手动单反照相机指照相机只有手动功能，装片、上弦、卷片、倒片、感光度设定、测光、调节光圈、设定快门、调焦，闪光灯触发等都需要逐一设定、操作，因此对于拍摄者的技术要求非常高，如果技术不熟练，就容易判断失误、操作不当，影响所摄画面的质量，甚至错失拍摄良机。但是，如果使用手动单反相机的技术非常纯熟，摄影师就能够通过对手动单反照相机的控制，非常个性化地进行创作，这也是手动单反照相机始终拥有一批爱好者的原因之一。初学摄影者使用手动单反照相机来练习，对于理解和掌握摄影基本原理、提高拍摄技术，是十分有利的。

自动单反照相机是指具有一系列自动化性能的单镜头反光照相机。例如，自动对焦系统、控制曝光的程序、自动感光度识别系统、自动输片系统等。自动单反相机在某种意义上简化了照相机的操作，但除了照相机的基本功能以外，仍然有很多不同功能的调节器，以至于使用起来并不简单。所以，在选择这类照相机时，应注意平衡好电子自动化性能和实际需要之间的关系。

若按照片幅分类，单镜头反光照相机还有135型小片幅、120型中片幅的区分。

著名的单镜头反光照相机品牌有：哈苏布拉德、玛米亚、康泰克斯、尼康、佳能等。

2.旁轴取景照相机

图1-4 莱卡MP平视旁轴取景照相机

旁轴取景照相机是早期照相机的典型结构，取景系统和光学成像系统是两个独立的系统，工作时互不干扰，在拍摄的同时取景器始终开着，不像单镜头反光照相机那样要关闭取景通道，拍摄时会跟丢了对象；拍摄的工作行程短，按动快门释放钮的瞬间即可捕捉到景物，没有时滞，噪音自然也小。这也是莱卡（LEICA）公司生产的M系列照相机为何在今天仍然有很多爱好者的原因。(图1-4)

在日常生活中我们所见到的傻瓜照相机，从外形上看，都可以被划归到这一类中。但是，它们大多数不可以更换镜头，或是限于制造成本的原因，成像质量不高。

旁轴取景照相机有两个光学系统，给相机的设计和制造带来了许多便利，机身也可以做得很小巧。但是，有两个成像系统却给拍摄带来了一些麻烦。这是因为人眼看到的图像与相机镜头记录的图像在位置上有差异，我们把这种差异称为空间误差，因此在拍摄时要注意这一点。把被摄体的主要部分放在取景窗的安全框（也称为视觉校正标记）之内是一个明智的选择。著名的旁轴取景照相机品牌有：莱卡、康泰克斯、哈苏(图1-5)、柯尼卡等。

图1-5 哈苏 905旁轴取景照相机

3. 双镜头反光照相机(图1-6)

双镜头反光照相机简称双反照相机。它的外形一般是一个方形的机箱，上下固定的并列着两个焦距相同的镜头。上面的镜头供取景和对焦用，光线从上面的镜头进入相机，经过一个与主光轴呈45°的反光镜的反射，在磨砂玻璃屏上形成清晰的影像，拍摄者可以通过这个影像来取景并判断对焦是否准确。下面的镜头是供在胶片上成像使用的。

双镜头反光照相机大多使用120胶片。每卷120胶卷可以拍摄6厘米×6厘米的底片12幅。双镜头反光照相机加上不同的附件，可以拍摄6厘米×4.5厘米和6厘米×7厘米的底片，有时还可以使用135胶片。著名的双镜头反光照相机品牌有：禄来福来克斯、海鸥、玛米亚。

图1-6 禄来福来克斯双镜头反光照相机

4. 机背取景全画幅照相机(图1-7)

机背取景全画幅照相机也称为大画幅照相机或者大型照相机、座机。它是指那些能拍摄4英寸×5英寸、5英寸×7英寸和8英寸×10英寸胶片的专业照相机，取景是通过机背的毛玻璃，可以100%的全画幅观察被摄物，照相机的主体结构可以进行俯仰、摇摆、水平平移、垂直平移，以适应各种角度的拍摄。

大画幅照相机从结构上可分为：承载照相机主体的座架及轨道，装置镜头的镜头基座（前座），装置对焦屏和胶片盒的胶片基座（后座），连接前座和后座的蛇腹（皮腔）。一般情况下，大画幅照相机可以分为双轨和单轨两大类，双轨照相机属于轻型便携款，适用于拍摄建筑、风光等户外题材，而在双轨照相机的基础上发展起来的单轨照相机，调整范围广泛，专业配件丰富，多用于商业摄影领域。由于单轨照相机大多数重于双轨照相机，故更加适合棚内摄影使用。

大画幅照相机的优点在于：可利用前、后机座的摇摆、平移，对画面的形态、透视及景深进行控制，利用这些性能得到完美的影像效果，大尺寸的胶片可以获取非常丰富的影像细节，这对于商业摄影是十分重要的。著名的大画幅照相机品牌有：仙娜、林哈夫、星座、豪斯迈等。

此外还有一步成像照相机和全景照相机等特殊照相机。

一步成像照相机又称为即影照相机、波拉照相机（最早由美国波拉polaroid公司研制成功而得名）、宝丽来（polaroid的另一种音译）照相机、拍立得照相机，它指的是拍摄后能立即得到一张正像照片的照相机，也有配合中画幅及大画幅照相机的一步成像胶片

图1-7 林哈夫L型框架大画幅照相机

后背，它使用专门的一步成像相片。这种相片有102毫米×105毫米、111毫米×64毫米、88毫米×107毫米等不同规格。由于一步成像照相机具有立拍显影的特点，所以被广泛应用于留念照、广告摄影等摄影领域中。(图1-8)

全景照相机指的是在一次曝光时能呈现同一平面上120°、180°或360°景致的照相机。这种照相机绝大多数能在快门曝光的同时，通过镜头轴后部的一个垂直切口旋转镜头或整架照相机。由于全景照相机的独特视觉效果，所以在风光摄影领域得到了广泛应用。(图1-9)

图1-8 宝丽来一步成像照相机

图1-9 地平线202摇头机

二、相机的主要装置

照相机由镜头和机身两部分组成。通常来说，镜头部分包括了光学成像系统（透镜及透镜组）和光圈等部件；机身部分包括快门、取景器、对焦验证装置、卷片装置、测光装置等部件。

1.光圈

光圈一般位于镜头中间或后部，由若干金属叶片（5～11片）构成。这些金属叶片共同形成了一个大小可调节的光孔，控制镜头进光量的多少。同时，光圈还有影响成像质量和调节景深效果等作用。通过转动镜头上的光圈连动环，可以对光圈大小进行调节(图1-10)。

光圈的大小一般以f系数表示，常见的镜头f系数标记有f1、f1.4、f2、f2.8、f4、f5.6、f8、f11、f16、f22、f32、f45、f64。f系数越小，光圈光孔开得越大，通过的光线就越多；f系数越大，光圈光孔开得越小，通过的光线量就越少。所以，我们通常所讲的光圈大，是指光圈光孔开得大，即光圈f系数小；而我们所说的光圈小，是指光圈光孔开得小，即光圈f系数大。通常情况下，光圈系数每开大一级，通光量就增加一倍（例如，f8比f11透过的光线量要多一倍）。

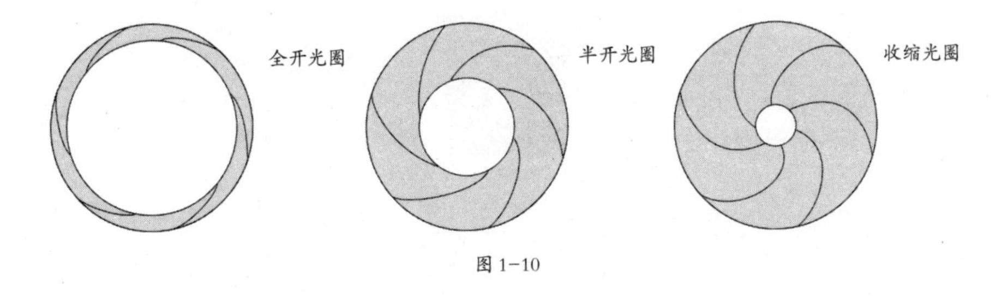

图1-10

2.快门

快门是控制进入镜头的光线投射到胶片上时间长短的装置(图1-11)。快门时间的长短以秒来表示。有时，我们也把快门时间称为快门速度，但“快门时间”这个概念更为科学合理一些。照相机上常见的快门时间标记有1、2、4、8、15、30、60、125、250、500、1000等，这些数字均表示实际快门时间值的倒数即1/2s、1/4s、1/8s等。对于超过1秒以上的快门时间，我们在快门数值后加上小写的英语字母s（second秒）。如15表示快门时间为1/15秒，而15s表示快门打开的时间为15秒。

有些照相机的快门时间标记中还有“B”和“T”标识，我们把它们称为“B”门和“T”门，有时也统称为慢门。当我们需要长时间曝光或特殊时间长度的曝光时可以使用“B”门和“T”门来控制快门时间。比如在夜间或光线非常暗的情况下，需要快门打开几十分钟，甚至几个小时的情况下，我们就可以使用“B”门和“T”门来控制快门时间。“B”门和“T”门的区别在于，“B”门是按下快门释放钮，快门打开；松开快门释放钮，快门关闭；“T”门是按下快门释放钮，快门打开；再次按下快门释放钮，快门关闭。“B”门配合可以固定的快门线，也可以实现“T”门的功能。

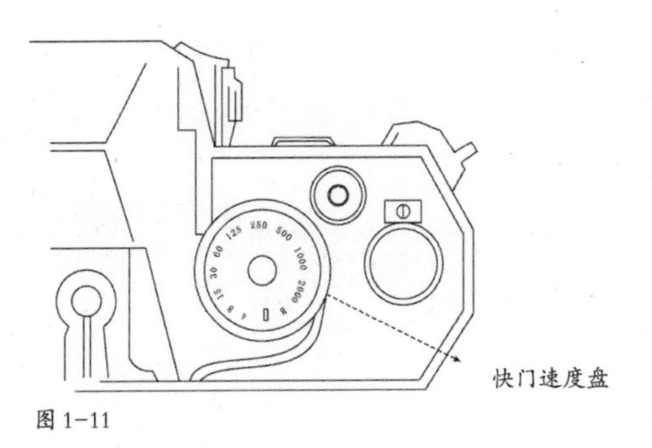

图1-11

按照在照相机中的位置不同，快门分为镜间快门和焦平面快门。镜间快门（图1-12）又称“叶片快门”，位于镜头中间，由数片金属叶片组成。平时，这些金属叶片遮挡住进入镜头的光线。当按下快门释放钮时，这些金属叶片借助于弹簧的弹力，迅速从镜头中心弹开，光孔打开，光线就可以进入胶片。当到达快门时间时，这些叶片立刻合拢，重新遮挡住光线。焦平面快门，又称“帘幕快门”，位于照相机焦点平面处，由数块不透光的帘布或金属帘片组成。按下快门后第一块帘片打开，光线进入胶片；到达快门时间时，第二板帘片立即遮挡住光线，曝光结束（图1-13）；帘幕快门，还有纵走与横走之分。

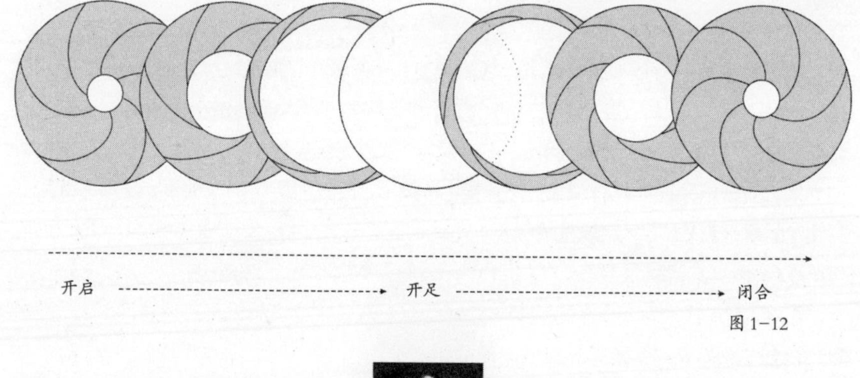

图 1-12

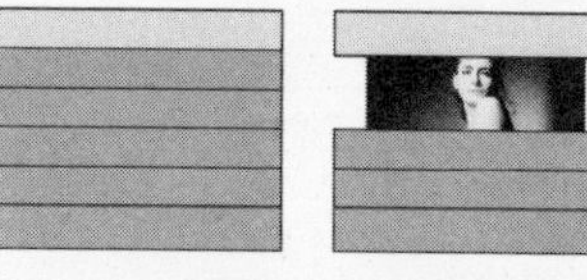
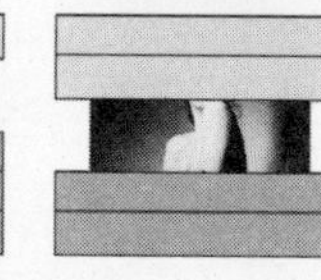
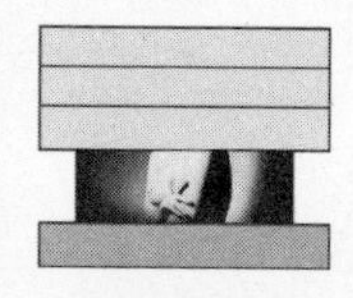
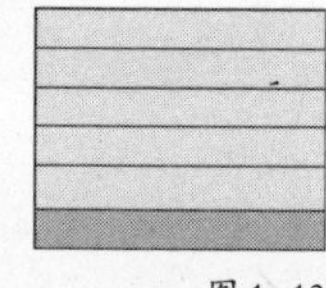
图 1-13

3. 取景器

取景器是用来观测被摄物体，确定画面拍摄范围的装置。取景器可以分为三种类型，即直视取景器、磨砂玻璃取景器、单镜头反光取景器。

直视取景器，又称旁轴取景器，多用于旁轴取景照相机。其缺点是不能正确显示与镜头所看到的同样影像，有一定误差；磨砂玻璃取景器，多用于机背取景的大型座机，其特点是取景范围与拍摄范围完全一致，可以100%的显现所摄景物，不过，取景器内影像多为倒像；单镜头反光照相机通过机身内的一面镜子将被摄物反射到取景框里，优点是能基本完整的显示所摄的景物。

4. 对焦验证装置

对焦验证装置主要使用于中、小型照相机，主要作用是验证照相机的对焦是否准确，被摄主体是否可能得到清晰的记录。常见的对焦验证指示有磨砂玻璃式、裂像式、重影式等。

使用磨砂玻璃式验证时，玻璃屏上的影像清晰则表示对焦准确；使用裂像式验证时，观测对焦屏中央的小圆形，如果圆形上半部分影像与下半部分影像成为一体，则表示对焦

正确；使用重影式验证时，观测对焦屏中央的黄色小长方型，如果出现重影则表示对焦不准。(图 1-14、图 1-15)

5. 卷片装置

照相机的卷片装置有自动卷片和手动卷片两大类，主要使用在中、小型照相机上，通常包括了卷片、上快门、计数等连动装置。自动卷片由自动照相机内的电动机驱动完成卷片、上快门等一系列工作，优点是速度快，操作方便，有利于抓拍。手动卷片即采用手动方式卷片，又有扳手式、旋钮式和摇柄式三种，特点是结构简单，不易出故障，但上弦卷片速度较慢。

6. 测光装置

现代照相机一般都带有测光系统，尤其是自动照相机，利用测光系统可以获得当前场景的亮度信息，从而确定准确的曝光组合。目前照相机的测光装置所使用的测光方法主要有以下几种：

（1）平均测光

平均测光测定的是被摄体的综合亮度，即把较大范围内的景物的亮度进行综合，取其平均亮度值，以此作为标准曝光值进行曝光。当景物中的平均亮度等于 18% 的中灰色调时，平均测光就能取得良好的曝光效果，但当画面内有大面积的过亮或过暗区域时，平均测光就会导致明显的甚至是严重的曝光错误。

（2）中央重点平均测光

中央重点平均测光是以占画面70%的中央部分景物为主进行测光，其余部分景物的亮度为辅。所以，使用中央重点平均测光方式进行测光时，需要让被摄主体占到整个画面中央的 70% 以上，才能保证测光准确。

（3）点测光

点测光指照相机仅对画面中央部位的极小一部分（3% 左右）进行测光，并以此为基准进行曝光。点测光的优点是当远离被摄体时，仍能对被摄体进行准确测光和曝光。

（4）区域综合测光

区域综合测光是一种高级的测光系统，1983年首先在尼康的FA照相机中使用。区域综合测光将整个画面分为多个区域，根据每个区域测定的光线强度进行综合计算，得出相应的曝光值。（图 1-16）

（5）3D 矩阵测光

3D（立体）彩色矩阵测光系统是尼康首创的测光系统，这个测光系统采用尼康独有的 1005 像素红、绿、蓝色感应器(RGB)来测量景物的色彩、亮度、反差和距离等信息，并采用模仿人脑思考模式的软件，同时使用超过30000像素摄影画面的数据库进行计算及评估正确的曝光值，使得在复杂光线的条件下相机的曝光更为准确、合理。

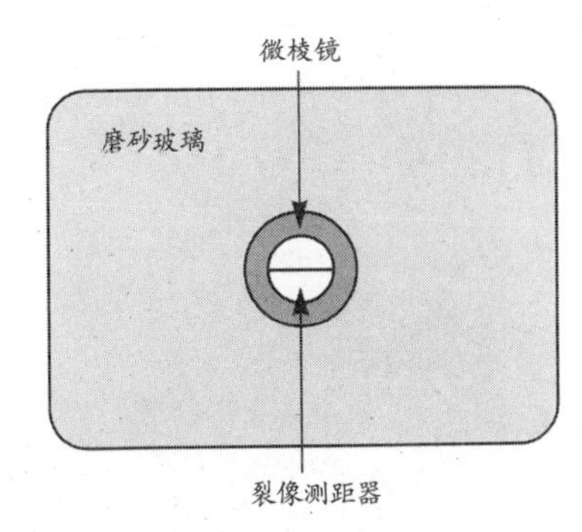

图 1-14

图 1-15

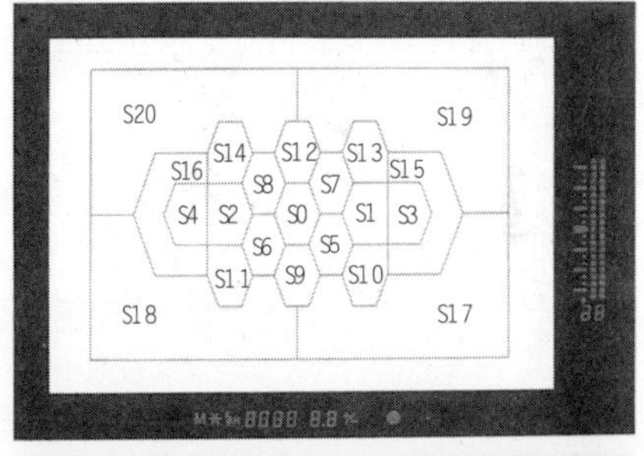

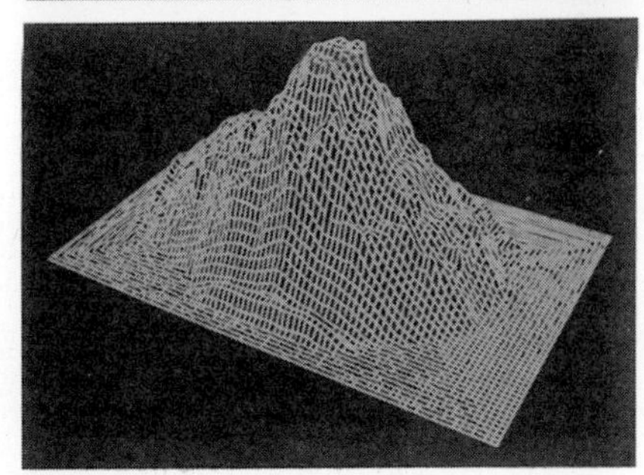

图 1-16

为获得清晰的照片，握持照相机必须稳定。如图所示，两脚分开，大约与肩同宽，双肘紧靠身体侧方。使用标准镜头和广角镜头时，用两手握紧照相机。

图 1-17

三、照相机的使用与保养

1.照相机的使用

要想更好地发挥你手中照相机的功能，首选必须认真阅读照相机的说明书。照相机的说明书会很详细地解释照相机各个功能的操作方法，以及照相机保养的相关要求，有些说明书中还会讲解一些拍摄照片的小窍门，可以有效提高使用照相机的能力。拍摄者要按照规定的操作程序来使用照相机。当遇到镜头焦距调节环或光圈调节环扭不动或转不动的情况时，千万不要用蛮力，这样会很容易损坏照相机的内部设备。必须明白，只要操作正确，照相机是非常“听话”的。

在进行正式拍摄时，我们一定要持稳照相机（图 1-17）。很多情况下，尤其是在光线比较暗的情况下，照相机的快门时间比较长，如果拍摄者没有稳定住照相机，就会因为照相机自身的晃动而导致拍摄的照片出现模糊。以手持 135 照相机站立拍摄为例，我们持握照相机的要领是：双脚前后叉开，呈“丁”字形站稳，两臂夹紧，左手托住照相机底部，以减轻震动。用左手大姆指和食指配合调节焦距或对焦，中指、无名指与食指配合，调节光圈。用右手握住机身，大姆指扳卷片钮，食指负责按快门释放钮。眼睛眉骨紧贴照相机取景框。为了取景、构图和拍摄角度的选取，有的时候需要摄影者半跪、躺下或趴在地上进行拍摄。但不管是何种姿势，如果有可能，可借助就近的建筑物或依托物，尽量使用三脚架，没有特殊要求的话，一定要使照相机能够稳定地工作。

2.照相机的保养

照相机是一个非常精密的光学和电子设备，它的保养要求比较高。需要注意以下问题：

（1）轻拿轻放，谨防剧烈震动或者碰撞照相机。

（2）清洁机身时，可以使用麂皮、吹气球等专用工具。

（3）清洁镜头时，应使用专用的擦镜纸、镜头刷、吹气球、压缩空气等，不推荐使用麂皮。因为擦镜纸，压缩空气只能使用一次，不会带来二次污染，而麂皮会多次使用，可能会因为麂皮本身不干净，而使镜头受损。

（4）当镜头镜片表面上有污点时，取擦镜纸一张，对折几次后，沿中线撕开，将有绒毛一端接触镜面，像毛笔一样，从镜头中心沿螺旋线向外轻刷。切忌横平竖直的沿直线擦拭镜头表面。

（5）存放照相机的环境要保持清洁、干燥，温度适宜；潮湿、灰尘多的环境不利于照相机的保存。

（6）长期不使用照相机时，将机身和闪光灯内的电池取出。

（7）照相机如果出现故障，最好不要自行拆卸。因为照相机的结构是非常精密的，最好请专业维修人员进行修理。

思考与练习：

1. 照相机可以分为哪几类？
2. 什么是单镜头反光照相机？
3. 机背取景全画幅相机的优势是什么？
4. 什么是f系数，f系数是如何计算的？
5. 镜间快门与焦平面快门有什么不同？请详细说明。
6. 什么是平均测光？什么是点测光？
7. 照相机保养需要注意哪些问题？

第二讲　数码照相机

数码照相机（Digital Camera，简称DC），是一种采用数字方式来记录光线的照相机。它使用CCD或CMOS将光信号转化为电信号后转换成数字信号，然后把图像以数字的形式存储在存储器里，而不是以常规的感光胶片来记录影像。数码照相机具有可直接显示、存储、处理、打印和直接传送影像的特点。

一、数码照相机的相关概念

与数码照相机相关的名词非常多，如果不熟悉这些名词，就很难明白数码照相机的拍摄原理，也很难更好地使用数码照相机进行摄影创作。下面我们介绍一些常用的数码照相机的相关名词。

1．感光元件

感光元件是数码照相机的心脏，其作用是将光信号转化为电信号。目前常用的感光元件有CCD、CMOS、SUPER CCD和Foveon X3。

图1-18 CCD

CCD（ChargeCoupling Device，电荷耦合器件）是一种感光元件，是数码照相机的心脏(图1-18)。CCD感光元件表面具有储存电荷的能力，并以矩阵形式排列。当光线照射到其表面时，会将电荷的变化转化为电信号，整个CCD上所有感光元件产生的信号经过计算处理，就可以还原成一个完整的图像。CCD的优点是灵敏度高、噪音小、信噪比高、图像纯净、色彩还原较好，广泛应用于专业领域的数码照相机。但是生产工艺复杂、成本高、功耗高。

CMOS（Complementary Metal Oxide Semiconductor，互补型金属氧化物半导体）也是一种感光元件，它的作用同CCD（图1-19）。CMOS是近年来才开始研制和应用于数码照相机的，与CCD相比较，CMOS的优点是集成度高、功耗低（不到CCD的1/3）、成本低。但是噪音比较大，灵敏度较低，对光源要求高。近几年来，随着研究的深入和应用的推广，采用CMOS的数码照相机也越来越多。

图1-19 EOS-1Ds Mark II CMOS图像感应器

超级CCD（Super CCD）是日本富士公司于1999年推出的一种新型CCD感光元件，被称为第一代超级CCD（图1-20）。它将普通CCD的矩形改为八角形，排列方式也由矩阵式改为蜂巢式。这种CCD的色彩还原比普通CCD要好，感光度也比普通CCD高。2001年，富士公司对第一代超级CCD进行改进，使其有效像素提高到300万，被称为第二代超级CCD。2002年1月，富士又推出了第三代超级CCD。它比前两代超级CCD分辨率更高，感光度更高，拍摄动画的效果更好。

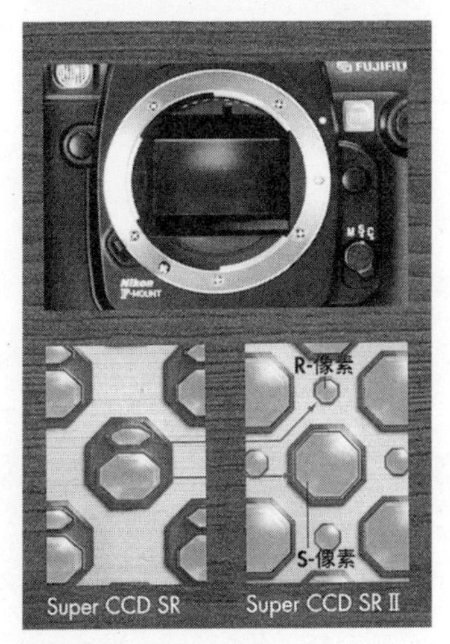

图1-20 超级CCD

Foveon X3，是美国Foveon公司2002年2月11日公布的一种感光元件，这是一种用单像素提供三原色的CMOS图像感光器技术。与传统的单像素提供单原色的CCD/CMOS感光器技术不同，X3技术的感光器与银盐彩色胶片相似，由三层感光元素垂直叠在一起。Foveon声称同等像素的X3图像感光器比传统CCD锐利两倍，可提供更丰富的彩色还原。另外，由于每个像素提供完整的三原色信息，把色彩信号组合成图像文件的过程简单很多，降低了对图像处理的计算要求。采用CMOS半导体工艺的X3图像感光器耗电量比传统CCD小。在Foveon公司推出这项技术之后不久，适马公司就推出了使用Foveon X3作为感光元件的SD9照相机。2003年又推出了同样使用Foveon公司生产的感光元件，但性能更为先进的SD10。

图 1-21

2. 像素（Pixel）

像素是衡量数码照相机所能记录图像精细程度的一个单位。它是由Picture和Element两个词组成的。我们如果把数码照相机记录的影像放大数倍，会发现这些连续图案其实是由许多色彩相近的小方点组成，这些小方点就是构成影像的最小单位“像素”（Pixel）（图1-21）。像素的表示方法有两种：一种是横纵像素的乘积，如像素640×480，1024×768；二是总量表示法，如像素35万、200万、600万。例如Canon的EOS-1D，最大像素尺寸为2496×1662，大约为400万像素。

总像素也称为实际像素，它指的就是感光元件上所有感光单元的数量总和。但是由于设计和制造的原因，感光元件边缘的部分感光单元不能参与实际成像，我们把实际参与成像的感光单元数量总和称为有效像素。如Canon的EOS-1D，总像素为4.48百万、有效像素为4.16百万。数码照相机通常使用M（Million百万）来表示像素的多少。有的照相机可以根据一个像素周围的颜色、亮度、对比度等信息，自动生成相应的像素点，以达到增加像素数量的目的，这叫做像素插值。有一些照相机厂家会把插值像素当作实际像素或有效像素，误导消费者。

3. 白平衡（White Balance）

在不同光源下，因色温不同，拍摄出来的相片会偏色。如色温低时光线中的红、黄色光含量较多，所拍的照片色调会偏红、黄色调，而色温高时光线中的蓝、绿色较多，照片又会偏蓝、绿色调。此时便需要利用白平衡功能来做校正，其原理是控制光线中红、黄、蓝三原色的明亮度，使影像中最大光位达到纯白，便能令其他色彩准确。

对于人的眼睛来说，拿一张白色的纸，无论你把它放在什么光线环境下，我们的大脑都能够校正外界光源的影响，并识别出这张纸是白色的。对于照相机来说，就不一定是这样了，同样是一张白色的纸，照相机在不同光线环境下拍出来的颜色各不相同，有时候会比较接近白色，但更多的时候是偏蓝、紫色或偏红、黄色，造成这种现象的根本原因就是拍摄时光源的色温不同。

从物理学上来讲，将铁质黑体加热到某一温度时，黑体会发出某几种颜色的光，此时黑体的温度就叫作此种颜色光的色温。黑体温度越低，光中的红色成分就越多，温度越高，蓝色的成分就越多。色温的单位称为凯尔文，简称K，我们通常认为太阳发出的光是白色的，于是正午阳光的色温就是5500K，在日光下拍摄照片，如果想准确地还原白色，就需要将感光材料适应的色温值调整到5500K。但我们在拍照片的时候，现场的光源往往并不一定是正午阳光，色温也未必是5500K；清晨太阳刚出来的时候和傍晚太阳要落山的时候，光线经过大气层的散射和吸收，到达地面时，太阳光的色温也远远低于5500K。如果仍然采用适用于5500K的感光材料，拍出来的照片的色彩就会发生偏差，不仅仅是白色不白的问题，所有的色彩都会呈现出偏红色或偏蓝色。

如何在这种非标准的色温环境下拍出色彩还原正确的照片呢？对于传统照相机来说，一般是选用日光型或者灯光型胶片，或在镜头前加上各种色温转换滤镜。对于数码照相机来说，我们只要做一件事：调整数码照相机的白平衡设置。

调整白平衡就是根据现场光源色温情况，调节感光元件CCD或CMOS的各个色彩的感应强度，如果光源色温较低，光线中红色的成分较多，那么通过调整白平衡来减弱对红色的感应强度，这样拍出来的照片各种色彩就是平衡的，白色就会是纯白，不会偏色，“白”

色于是就“平衡”了。

在数码照相机的说明书中，都会有关于白平衡的操作提示，通常的设置选项分为以下三种：

（1）自动白平衡

这个选项几乎所有的数码照相机都有，它的实现方式就是由数码照相机的处理器对当前取景窗内的物体进行分析测量，计算出应有的白平衡比例。在大多数情况下，自动白平衡都能够获得不错的效果，色彩还原基本正确。但在某些光线复杂的环境下，照相机本身的判断可能不准确，你就需要试试其他白平衡设置选项。

（2）常用白平衡预设

这种状态下通常都提供了数种常见的白平衡模式，例如日光（5500K）、白炽灯（即钨丝灯泡2800K）、荧光灯（也称日光灯7500K）、闪光灯（5600K）、阴天（7500K）等，如果拍摄的环境恰好符合这些情况，就可以把白平衡设置为相应的模式。

（3）手动白平衡

如果自动白平衡不准，又判断不出拍摄环境属于哪一种模式时，就得手动去校准白平衡了（在比较高档的数码照相机里面通常都提供了这种方式）。手动白平衡可以直接设置色温数值，比自动白平衡和预设白平衡更精确。

4. 存储卡

存储卡是数码照相机中用于存储照片和数据的介质。同时是从数码照相机把数据转到电脑硬盘上的一个必不可少的源供体。存储卡的存储容量以MB为单位，容量的大小和照片分辨率的高低共同决定了数码照相机存储照片的数量。

目前，市场上有几种类型的存储卡，这几种存储卡都互不兼容。因此，在购买存储卡时，你必须知道你的照相机使用的是哪一种存储卡。

SM存储卡：全称为Smart Media Card，首先由日本富士公司推出。

MS记忆棒：全称为Memory Stick，首先由索尼公司开发。只适用于索尼公司生产的数码照相机和数码摄像机。目前，MS记忆棒又发展出Memory Stick Pro（专业型，读取速度快）、Memory Stick Duo （体积较小）和Memory Stick Pro Duo（综合型）。

SD记忆卡：（Secure Digital Memory Card）由松下公司和SanDisk共同研制。它的尺寸只有24毫米×32毫米×2毫米，如同一张邮票大小，薄而精巧，重量只有2克，非常便于携带。轻便型和迷你型数码照相机一般都会使用这种存储卡。（图1-22）

XD卡：是富士公司推出的一项存储卡技术，主要应用在富士照相机上。

图1-22 雷克沙SD记忆卡

图1-23 雷克沙CF记忆卡

图1-24 尼康S1袖珍数码照相机

CF卡：Compact Flash，又称闪存卡。体积较大，但发展比较早，技术成熟，而且存储速度快、容量大、价格低，专业照相机一般都使用CF卡存储照片。(图1-23)

有一些专业级数码照相机使用Micro Drive小硬盘。这种硬盘的容量一般比较高，价格比较低，性价比突出。但这种存储卡是机械式的，对于振动特别敏感，受振后容易损坏。目前，日立公司已经推出了容量6GB的微型硬盘。

由于各种存储卡格式不通用，如果要为自己的数码照相机再购买存储卡，应该购买相同类型的。有的照相机可以同时使用两种存储卡，使得购买存储卡的选择更多。如果你经常要与各种不同的存储卡打交道，一个可以读取多种存储卡的读卡器是必不可少的。

二、数码照相机的类型

我们一般按照外形和功能把数码照相机分为以下三类：

1．袖珍数码照相机(图1-24)

袖珍数码照相机指的是拥有固定的不可更换镜头的数码傻瓜照相机。袖珍数码照相机的优点是体积小、重量轻，便于随身携带，功能齐全，可以在大多数环境中使用。最大缺点是拍摄时有滞后现象，不利于抓拍。袖珍数码照相机和袖珍照相机一样，透过取景窗所看到的场景与镜头所看到的并不完全相同，拍摄时应加以注意。

袖珍数码照相机中还有一种被称作卡片机的超薄便携型数码照相机。这种数码照相机外形小巧，非常薄，与卡片有些相似，故称作卡片型数码照相机。

2．单反数码照相机(图1-25)

单反数码照相机即采用数字成像技术的单镜头反光照相机。单反数码照相机是传统单反照相机与数字技术结合的产物，具备了两者的优点。与袖珍数码照相机最大的区别在于单反数码照相机可以更换不同焦距的镜头，相同接口的光学镜头中有许多款可以用于数码单反照相机机身，由于采用单镜头反光，在取景与拍摄上比袖珍数码照相机更为专业。

图1-25 佳能EOS 20D单镜头数码照相机

单反数码照相机在价格上比同档次的袖珍数码照相机要高，其主要应用领域是商业摄影、新闻摄影等专业摄影。随着单反数码照相机技术的成熟、价格的合理、成本更低廉，单反数码照相机的应用范围也将会越来越大。

3. 数码后背(图 1-26～图 1-28)

数码后背是一种新型的摄影工具。它是将传统照相机(胶片相机)中的胶片记录系统更换为先进的数码成像系统，从而可以拍摄数码图像。从原理上看，它与数码照相机相同，但从功能上看，它比数码照相机更为专业。因此，有些专家更倾向于把数码后背看成是不同于数码照相机的一种摄影工具。数码后背与数码照相机的不同点在于：

第一，数码后背的像素一般比数码照相机要高，成像效果也更好，应用领域更加专业，而且可以像单反照相机的镜头一样，拆卸后用在不同的照相机上。数码后背多由一些专门从事数码成像研究的公司研制，而不是一些传统意义上的照相机生产厂。这也正是大多数人更愿意将数码后背与数码照相机看作两种不同的摄影工具的原因之一。

第二，数码后背均为基于 120 等篇幅照相机的开发，即在 120 照相机成像结构的基础上开发专业影像产品，因此为后背产品的长远发展打下了坚实基础。它可以很好地解决 CCD的散热问题和处理超大文件的问题等等，而135数码单反照相机现阶段实现起来成本较高。

第三，数码后背采用的图像感应器为 CCD 而非 CMOS，这是由于现今 CMOS 技术并不完善，应用在专业级别的数码照相机产品中是不能达到完美影像要求的，因此专业数码后背制造商目前没有使用 CMOS 的。

第四，数码后背采用未压缩的图像格式，为将来处理图像打下了基础。由于数码单反照相机需要通过压缩格式处理图像，这导致了压缩后的图像不论是锐度、层次、高光、暗部的过渡和色彩等不能很好还原，同时也为后期进一步处理数字图像带来了诸多麻烦。数码后背生产厂商都有自己核心的软件压缩技术，例如 PHASEONE 使用独立开发的非常复杂的 RAW 压缩格式，使图像在后期处理和还原中达到了一个新的水平。

目前，国际和国内比较著名的数码后背生产厂商有 PHASEONE、SINAR、LEAF、IMACON。1993年丹麦 PHASEONE 公司开始生产第一台扫描后背，宣告高端数码产品面市，同时也说明数码技术应用在商业摄影领域是可行的，但是迫于当时极其高昂的价格迟迟未能进入中国。国内开始认识数码后背的相关知识应该是从1998年开始的，从此国内少数商业广告摄影师接触了最早进入中国的 PHASEONE 扫描式后背。从2002年开始，国内使用数码后背的商业摄影师越来越多。从沿海迅速发展到内地，这也就充分肯定了数码后背在商业领域中的应用得到了摄影师们的认可，国内摄影师的拍摄观念也逐渐向国际摄影师靠拢。

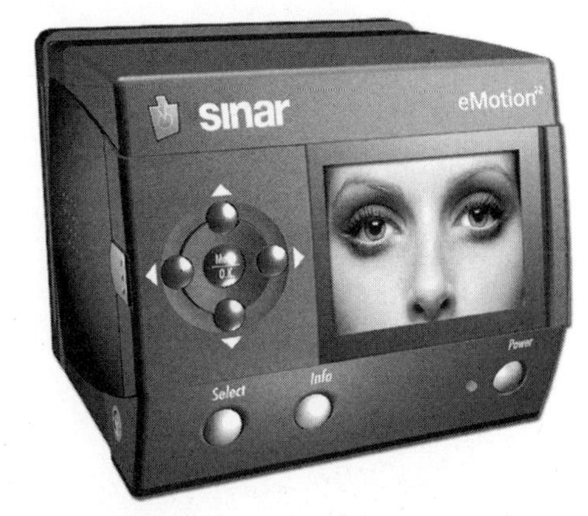

图 1-26 仙娜数码后背

图 1-27 数码后背与中画幅照相机哈苏 H1 相连接

图 1-28 数码后背与大画幅照相机仙娜 P3 相连接

三、数码照相机使用时需要注意的问题

1. 注意节电

新型的数码照相机在节电问题上比一些老的数码照相机要好许多。但耗电大仍然是数码照相机的一个弱点。我们可以使用以下方法省电：减少开关电源的次数；拍摄时关掉液晶屏，用取景器取景；减少回放次数；使用质量好、容量高的电池。

2. 快门时滞

传统照相机在按下快门的瞬间，快门立即打开，胶片感光。但低端的数码照相机在按下快门后，一般有一个延迟时间，也就是说要过零点几秒到几秒之后，照相机快门才会打开。由于不同的照相机，这个延迟时间不同。因此，在拍摄动体时，有时就会出现看到主体进入画面立刻按下快门，等快门释放时，主体运动了一段距离，却已经不在画面里的情况。为了避免快门时滞给我们的摄影创作带来麻烦，拍摄时要注意，一要在按下快门后保持静止，一直到快门释放；二要有提前量，有预见性。

3. 选择合适的拍摄精度

传统照相机在拍完一卷后，可以换一卷重新拍摄。只要有足够的胶片，就可以无限拍摄。由于数码照相机的存储卡容量有限，而且价格较高，一般情况下，摄影师不可能像使用传统照相机外拍时带几百个胶卷一样带几百个存储卡。所以，在保证必要的数据量用于存档和编辑的前提下，选择合适的拍摄精度是必要的。数据量越大，存储的过程耗时、耗电越多，对拍摄速度的影响越大。

一般情况下，1600×1200的图像精度已经可以基本满足存档和打印的要求了，如果只是在电脑上观看或在网络上传输，800×600的图像精度也已能满足要求。除非遇到集体合影或其他需要高精度的用途，否则一味追求高精度是没有意义的。

思考与练习：

1. 什么是数码照相机？
2. 什么是CCD？什么是CMOS？两者相比，各有什么优劣？
3. 什么是数码照相机感光元件的像素？
4. 什么是数码照相机的白平衡？
5. 数码后背的特点是什么？
6. 什么是数码照相机的快门时滞？
7. 袖珍数码照相机与单反数码照相机有什么异同？
8. 使用数码照相机拍摄10幅作业。

第三讲　照相机的镜头

一、镜头相关知识

镜头是照相机用来成像的部件，也是照相机最重要的部件之一（图1-29）。一台照相机拍摄性能的优劣，很大程度上取决于其装配镜头的优劣。

1. 焦距

通俗地讲，镜头的焦距指的是当镜头聚焦到无限远时，从镜头中心到胶平面的距离，通常用小写的字母f和毫米来标示，如某一款镜头的焦距标示“f = 50毫米”就表示这款镜头的焦距范围为50毫米焦距。“f = 28~135毫米”就表示这款镜头的焦距范围可以在28毫米至135毫米之间变化。镜头的焦距与被摄体在底片上的成像的大小成正比，焦距长的镜头能使被摄体在底片上形成较大的影像，焦距短的镜头能使被摄体在底片上形成较小的影像。

2. 视角

视角是指镜头能涵盖多大范围的景物，通常用角度表示（图1-30）。标准镜头的视角接近人眼通常看到的景物范围。广角镜头的视角大，能拍摄到范围很广的景物。长焦镜头的视角小，所以所摄取的范围也较窄。

3. 孔径

镜头的孔径又称“相对孔径”、“有效孔径”，表示镜头的最大通光量，它与镜头焦距共同说明了镜头的主要性能，通常用最大光孔直径与镜头焦距的比值表示，例如，镜头的焦距是50毫米，最大光孔直径为25毫米，那么25 : 50 = 1 : 2，“1 : 2就表示了镜头的孔径”。这个比值越大，镜头的进光能力就越强；比值越小，进光能力就越弱。进光能力

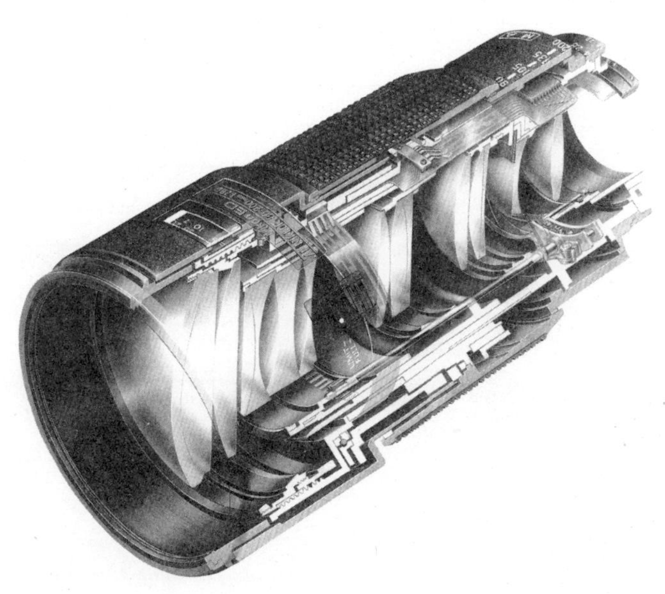

图1-29

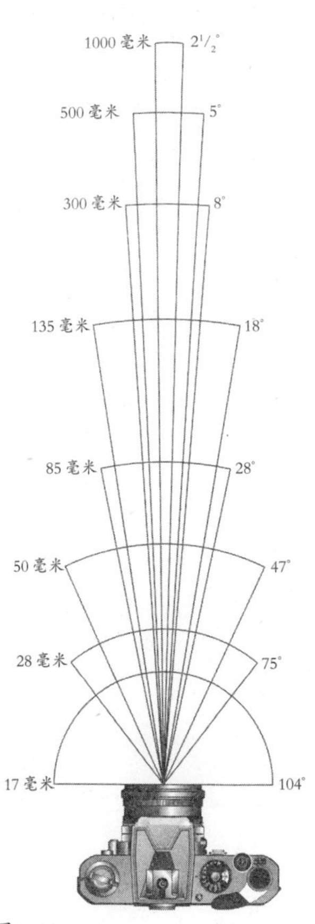

图1-30

强的镜头，在弱光环境下也能获得较强的像面照度。

4. 景深

景深是指被摄景物中产生清晰影像的最近点至最远点的距离。景深的大小受到光圈、镜头焦距及拍摄距离的影响。当焦距和拍摄距离不变的情况下，光圈大，景深小；光圈小，景深大。当光圈和拍摄距离一定时，焦距越长，景深越大；焦距越短，景深越小。当光圈和焦距不变时，拍摄距离越远，景深越大；拍摄距离越近，景深越小。

控制景深在摄影中有着非常重要的作用。当我们需要画面从远及近的所有部分都得很清晰时，我们可以通过调整光圈、焦距、摄距三个因素，使景深变大，就可以获得需要的画面效果；有的时候，我们则只要突出主体，虚化背景，此时，我们调整光圈、焦距、摄距三个因素，使景深变小，可以获得所需要的画面效果。(图 1-31)

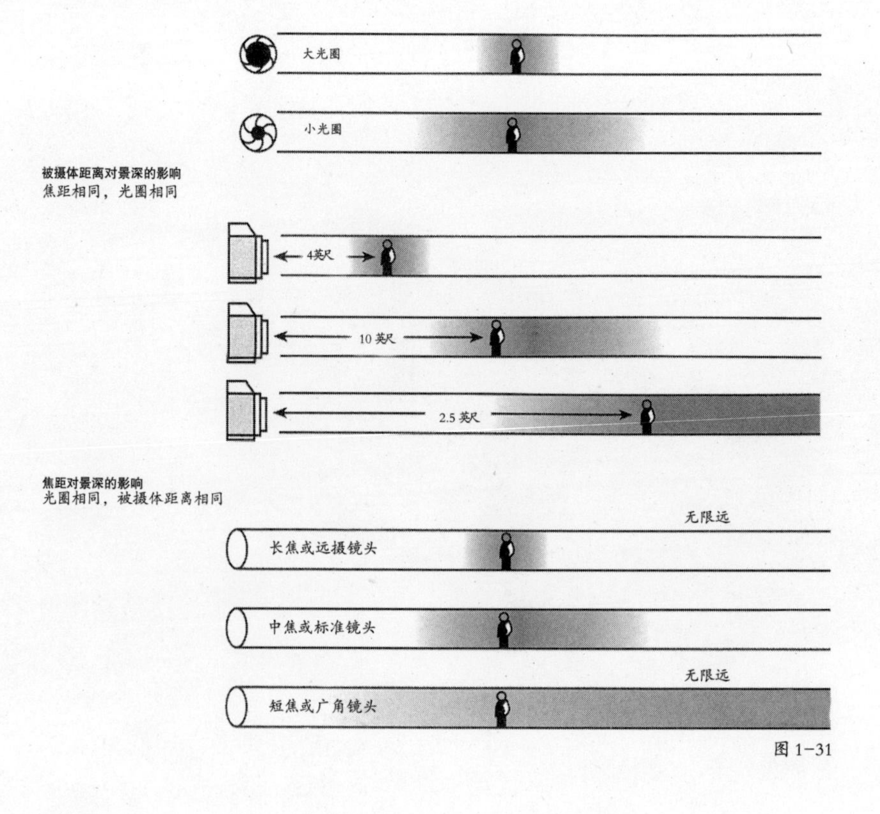

图 1-31

5. 镀膜

摄影镜头一般是由若干片透镜组成的，其中有一些镜片的表面直接与空气接触。当光线投射到透镜与空气接触的表面时，除有一部分进入透镜并发生折射外，还有一部分被反射回原介质中。在空气中，每个镜面的反射率约为5%。反射现象将使镜头的通光能力明显减弱。一个七片六组的标准镜头，不镀膜时的通光率只有40%左右。此外，发生在镜头内部的反射现象还会使这些光线经多次反射、折射后，以杂光形式到达成像平面处，使影像反差、清晰度降低，并极易形成光晕和重影。对镜头进行镀膜处理，就是为了减少通光量的损失和改善成像质量。

现代照相机的镜头大都是经过镀膜处理的。我们看到镜头的表面呈蓝紫色、微红色、暗绿色等现象，就是镀膜的结果。镜头镀膜的主要作用是提高透光能力和成像质量。镜头镀膜的方法是在镜头表面镀上某种色光波长1/4厚度的薄膜，只镀一种薄膜的镜头叫做单层镀膜，如果镀上多层不同厚度的薄膜，就能提高多种色光的通光量，从而提高镜头的质量。多层镀膜一般用大写字母“MC”来表示。鉴别镜头镀膜质量好坏的方法是：面对镜头，在镜头中看到人的脸部影像越淡，镀膜的质量越好。这是因为我们看到的人的脸部影像是镜头反射的光线形成的，影像越淡，说明通过的光线越多，反射的光线越少，从而镀膜的质量也越高。

二、镜头的种类与成像效果（图1-32）

按照不同的标准，可以将镜头分为许多种类。比如，可以按自动化程度分为手动镜头和自动镜头，按焦距能否改变可分为定焦镜头和变焦镜头，也可以按接口不同进行分类。一般情况下，我们按视角与焦距把镜头分为以下四种。

图1-32 当物距不变时，使用135照相机，分别采用28毫米广角镜头、50毫米标准镜头和300毫米的摄远镜头所拍摄的画面

1. 标准镜头

焦距与照相机拍摄底片的对角线长度基本相等的镜头，称为该型照相机的标准镜头。标准镜头的视角与人眼视角相似，在40°到55°之间。我们常用的35毫米单反照相机，其使用的135型胶片所拍摄的底片大小为36毫米×24毫米，对角线长度约为43毫米，因此，我们一般把焦距50毫米左右的镜头称为35毫米照相机的标准镜头。而使用120胶片的照相机所拍摄的底片大小一般为6厘米×6厘米，其对角线长度为75毫米，因此，我们把75毫米的镜头称为120照相机的标准镜头。

标准镜头的成像效果接近人眼观察世界的效果，适用于拍摄大部分种类的被摄体。定焦标准镜头的最大孔径比较大，有利于低照度下摄影。

2. 广角镜头

镜头的视角大于60°以上称为广角镜头。广角镜头的焦距小于底片像幅对角线长度，因此也被称为短焦距镜头。其视角宽、景深大，适于拍动态物体或需要景物前后有较大清晰度及在狭窄的环境下拍摄较大的场面。需要注意的是，使用广角镜头，影像会出现朝四边扭曲的变形现象。

思考与练习:

1. 什么是镜头的焦距?

2. 什么是镜头的视角?

3. 什么是景深? 景深与光圈、焦距、摄距有什么关系?

4. 什么是标准镜头? 标准镜头成像的效果是什么?

5. 什么是广角镜头? 广角镜头成像有什么特点?

6. 什么是摄远镜头? 摄远镜头成像有什么特点?

7. 变换使用不同焦距镜头拍摄8幅作业。

3. 鱼眼镜头（图1-33）

焦距为16毫米以下的广角镜头俗称“鱼眼镜头”。这是因为这类镜头的最前面一片镜片像鱼眼一样向外凸出。这种镜头的视角非常大，有的镜头甚至可达到200°的视角。鱼眼镜头的拍摄范围极大，能使景物的透视形象得到极大的夸张。所产生影像的垂直和水平线条弯曲，画面存在严重变形，应用得当，可以获得超乎想象的特殊艺术效果。

4. 摄远镜头

摄远镜头的视角小于人眼的正常视角，它的焦距大于底片的对角线，因此，也被称为长焦镜头。由于长焦镜头的焦距长短相差悬殊，故把焦距在150毫米以内的称为中焦镜头；焦距在150毫米~300毫米的称为长焦镜头；焦距在300毫米以上的称为超长焦镜头。长焦镜头摄入画幅的场景少，被摄体被表现得较大，有利于远距离或细节丰满的特写拍摄。但是，随着镜头焦距加大，景深会变小。因此，当我们需要虚化背景，突出主体时，可以使用长焦镜头达到这种效果。

图1-33

第四讲　照相机的附件

照相机有许多附件，灵活恰当地使用这些附件，可以使摄影者的拍摄工作更加顺利，也可以获得更好的画面效果。下面对一些常用的附件略作介绍。

一、测光表（图 1-34）

测光表也叫曝光表，是帮助我们控制曝光量的附件工具。利用测光表能够科学而准确地测量出光线的强弱指数，提供曝光组合数据供摄影者参考。

在测光方式上测光表可分为亮度测光表和照度测光表两类。亮度测光表测量的是反射光指数，照度测量表测量的是入射光。测量反射光是在照相机的位置，把测光表指向被摄体，对照射到被摄体的反射光指数进行计量。入射光在测量时，通常是把测光表置于被摄体前，尤其是在闪光摄影时，应尽量贴近被摄体表面，并将感应窗对准照相机机位。

图 1-34

二、滤色镜（图 1-35）

滤色镜是最有用的摄影光学附件之一，是增强照片表现力的有效工具。在黑白摄影中常用滤色镜来改变被摄体的局部效果，增加照片的明暗对比度反差。在彩色摄影中，使用滤色镜最主要的目的是校正色温，避免偏色现象。

黑白摄影使用的滤色镜为：校正滤色镜和反差滤色镜。校正滤色镜包括浅黄、中黄、黄绿、浅绿色滤色镜；反差滤色镜包括深黄、橙、红、深绿色和蓝滤色镜。

彩色摄影使用的滤色镜主要有三类：彩色校正滤色镜、彩色转换滤色镜和彩色补偿滤色镜。彩色校正滤色镜有淡琥珀色和浅蓝色两个系列。彩色转换滤色镜也有两个系列即琥珀色和蓝色。彩色补偿滤色镜有红、绿、蓝、青、品红、黄色六种颜色，每种颜色又有深浅略有差异的一系列滤色镜。

图 1-35

三、遮光罩（图 1-36）

遮光罩是装在照相机镜头上遮挡四周光线的附件。主要用于防止漫射光、逆光、侧光及杂乱的反射光进入镜头，以防止造成眩光，使胶片产生灰雾。同时，还可以起到保护镜头和滤镜的作用。

遮光罩由金属、塑料或橡胶等材料制成，造型结构像漏斗，外形有圆有方。使用遮光罩，一定要与镜头的视角相匹配，若遮光的角度比镜头视角大，则起不到遮光作用；若遮光的角度比镜头视角小，则会挡住画面四边角的光线，产生暗角。

图 1-36

图 1-37

四、三脚架（图 1-37）

三脚架是保证照相机的稳定而获得清晰影像的必备附件。尤其在使用慢速度曝光及自拍、翻拍时，为了保证影像的清晰度，必须使用三脚架。

三脚架由云台和支架两部分组成。云台直接与照相机相连，将照相机和支架连接起来，照相机的一系列精细调整（如俯仰、摇摆等），都可以通过云台完成。支架主要是起支撑作用，调节支架可以改变三脚架的高度。目前市场上的三脚架大多为轻金属材料制成，材料不同，轻重也不同。

在狭窄的地方，当使用三脚架不方便时，可以改用独脚架。它与三脚架的功能类似，体积小，重量轻，携带方便，但是需要摄影者的依托。

五、快门线（图 1-38）

快门线是用于释放固定在三角架上的照相机快门，避免照相机移动造成影像模糊的一种附件。当使用“B”门、“T”门和进行长时间曝光时，一定要使用快门线。根据照相机的类型，分为机械快门线和电子快门线两类。

机械快门线的主要结构是一根柔软的套管，套管的一端接空心螺管，螺管内嵌有一根细软钢绳，一头连接着顶针，另一头是装弹簧的按钮。使用时，将顶针这一端旋入照相机的快门按钮，通过顶针伸缩控制快门的闭合。

电子快门线主要用于电子照相机上，在功能上，比机械快门线先进。例如，电子快门线的遥控功能，使摄影者站在很远的地方也可以控制快门。电子快门线的缺点是稳定性差，易出现故障。

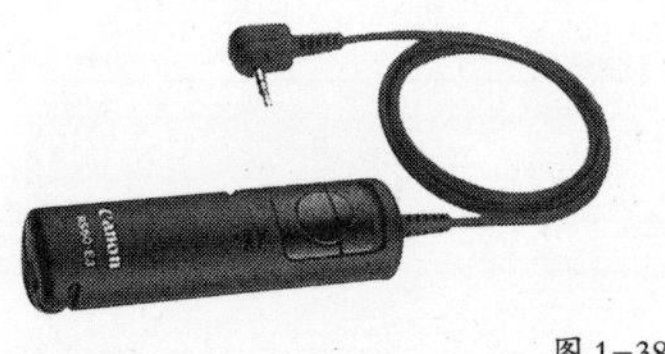

图 1-38

六、闪光灯

在摄影术发明后不到50年时间，摄影者就借助“镁粉”在燃烧时发出的强烈光线为摄影进行照明。它的主要成分是镁粉和氯酸钾粉末以 2：1 的比例混合，每份 4 克左右，持续时间约 1/10 秒。镁粉用耐热的器皿盛装，拍摄时用慢速度快门，甚至“B”门、“T”门。这种镁粉照明会发出巨大响声，烟雾弥漫，也不安全。

后来发明了闪光泡，又称镁光灯，它是在灯泡内装入发光材料镁箔，再用带电池的闪光器点燃。这种闪光泡功率有限，适宜近距离摄影时使用，最大的缺点是每使用一次就要消耗一只闪光泡，耗费太大。

上个世纪 30 年代，电子闪光灯发明了。经过几十年的发展，已经形成高智能的新型摄影灯具。我们现在所用的，基本上就是这种电子闪光灯。

从外形上分，电子闪光灯有以下三种。

1. 内藏式闪光灯（图 1-39）

图 1-39

内藏式闪光灯装在35毫米照相机的机身上，由照相机内的电子系统调控输出闪光，是一种方便的照明光源。由于其光量弱，只能用于照明相对近的物体。当作正面闪光使用时，容易产生刺目的、缺乏诱惑力的光线。内藏式闪光灯与镜头靠得非常近，经常会产生红眼现象。所以使用效果上，这类闪光灯有很大的局限性。

2. 附加式闪光灯（图1-40）

附加式闪光灯一般安放在照相机顶部的热靴上，电子触点把它和照相机快门连接起来，能自动触发闪光灯。附加式闪光灯具有较强的光的输出量，其闪光灯头可以转变角度，方便采用反射照明，获得柔顺、自然的照明效果。这类闪光灯的规格多种多样，其中完全一体化的闪光灯（专用闪光灯）具有多种用途。

图1-40

闪光指数是表示闪光灯输出光量的数据。在闪光灯上所标示的闪光指数值是用感光度ISO100 / 21° 的胶片拍摄时的闪光指数。它用英文字母“GN”（Guide Number的缩写）来表示。

光圈系数、闪光指数、闪光灯与被摄体的距离的关系用公式表示为：

闪光指数GN＝光圈系数×闪光距离

公式变形之后就是：

$$光圈F=\frac{闪光指数GN}{闪光灯至被摄体距离}$$

同一闪光灯，在配合不同感光度的胶片使用时，其闪光指数是不同的，应按下面的公式进行计算：

$$新闪光指数=原闪光指数\times\sqrt{\frac{新胶片ISO}{旧胶片ISO}}$$

如果使用闪光灯进行折反闪光，如将光线打到天花板上，再反射到被摄体上，光圈数值应按下面公式计算：

$$F=\frac{GN}{L_1+L_2}\times\beta$$

其中，L_1和L_2分别表示从闪光灯到天花板和从天花板到被摄体的距离。β表示反射率。常用的反射面的反射率为：复印纸80%，灰色白墙65%，镜子95%～98%。

需要注意的一个问题是闪光灯的充电指示灯在电容充电到70%或80%左右，就会变亮，所以，在进行闪光摄影时，当闪光灯的充电指示灯刚变亮时，其电容还没有充满，所以还要再等几秒钟。在暗弱环境下，闪光灯是进行曝光的主要光源。在进行拍摄时，要注意以下几个问题：

一是单灯使用时，要防止直接闪光的浓重阴影。此时，可用一块薄纱遮在闪光灯前，使光线变得柔和，但曝光要增加两级。也可用斜射光线进行照明，将阴影投射到画面以外。也可使用反射闪光，不将光线直接射向被射体，而是射向天花板或墙壁，利用反射光将主体照亮。

在夜间拍摄既有人物又有环境的照片时，需要注意一个问题，就是主体与背景距离很远，主体可以通过闪光灯照亮，而背景则由于太远而不能用闪光灯进行照明。背景的亮度，主要靠长时间曝光取得。暗弱光线下拍摄人物，当使用闪光灯时，要注意防止“红眼”。这是因为人眼在弱光线环境下，人的眼瞳孔会变大，当闪光灯光线进入人眼后，眼睛视网膜表面血管对光线的反射光就形成了红眼。通过闪光灯预闪刺激人的瞳孔，使之变小或从侧方进行闪光，可以有效防止红眼。

在光线充足、比较明亮的环境里，闪光灯仍然有着重要的作用。此时，闪光灯的主要作用不是提供照明，而是平衡画面反差。比如在太阳光强烈照射下逆光拍摄人像时，背景与人物的面部反差很大。如果以背景的亮度为准进行闪光时，主体会曝光不足，面部浓黑。如果以人物的面部为准进行曝光，背景就会严重曝光过度，变成白花花一片。此时，就需要以背景光进行测量，用闪光灯对人物的面部进行补光。这样的效果就是背景与人物都曝光正常。

思考与练习：

1. 什么是测光表？测光表的测光方法有哪几种？
2. 遮光罩在摄影中有什么作用？
3. 三脚架在摄影中有什么作用？
4. 闪光灯在摄影中有什么作用？使用时应注意什么问题？

第五讲　摄影照明设备

能够发光或反光的物体，都可以用作摄影的照明工具，如手电筒、台灯、家庭用的白炽灯等。在摄影棚或其他需要人工光线照明的情况下，我们多以摄影专用的照明灯具为主。(图1-41)

图1-41 巴赫专业汽车影棚

目前，国内外摄影师在影棚中使用的基本照明装置可分为两类，一类是传统型的连续光源，一类是先进的电子闪光光源。

摄影连续光源包括白炽灯、卤素灯和金属卤素灯。

卤素灯和金属卤素灯是在摄影棚拍摄过程中使用最多的光源之一。其灯泡外形较小，多为圆形或细管形，采用特殊的强化玻璃或石英制成。其灯泡内部装有钨丝并充有卤素气体，发光强度很强。这类灯泡发热高、发光强，瓦数也大。这种灯能提供强烈的稳定的光线。摄影中常用的卤素灯是单管500~5000瓦的功率。卤素灯使用寿命不长，随着使用时间的延长，色温会不断变低。它的缺点是功率大和发热高。当用卤素灯照明时，必须要等它冷却之后才能移动。白炽灯、卤素灯在打开之后温度都很高，使用时必须注意安全。

电子闪光灯与连续光源最大的不同在于它属于非连续光型光源。作为摄影棚的主要光源，它发光强、寿命长、发热低、色温稳定。其发光色温接近日光，标准色温为5500K左右。电子闪光灯属于瞬间发光光源，这种光源十分容易与日光配合使用。

电子闪光灯的工作原理是利用电子激发闪光管中的惰性气体，使其产生明亮的闪光。

图 1-42 配置可调菲涅尔透镜的钨丝聚光型灯

图 1-43 柔光箱

正常情况下，闪光管中的惰性气体是不会导电的，在激发闪光时，先从一个独立的电容器中释放一个起触发作用的高压弱电荷，将惰性气体电离，变成导体，然后主电容中释放出的电荷就可通过已经电离的惰性气体，并在瞬间发出明亮的光线。

在使用影室闪光灯进行拍摄时，我们可以利用不同的附件，组合成各种不同光效的灯具，来满足不同的布光要求。如使用反光罩、反光伞、聚光罩、柔光箱、反射板等。

1. 泛光型灯

在影室闪光灯上装上不同内壁、不同扩散角度的反光罩，就组成了各种泛光灯。

反光罩内壁都镀银或镀铬，以加强反光。有的反光罩内壁反射面非常平滑，可以反射出强硬的光线，有的反光罩内壁平面斑状起伏，可以反射出比较柔和的光线。反射角在70° 左右的泛光型灯称为标准型泛光灯，50° 以下的称为聚光型泛光灯，100° 以上的称为广角型泛光灯。另外还有一种特殊的广角泛光型灯，其闪光管前装有一块反光屏，这样发出的光不会直接向前射出，而是要经反光屏反射后再由内壁反射，因而可以产生非常柔和的漫射光线。

2. 聚光型灯（图 1-42）

聚光型灯顾名思义，就是指能将光线汇聚的灯具。在摄影中，聚光型灯主要是用来照明局部或者为被摄体打轮廓光。聚光型灯的外形是一个筒形，灯泡装在筒内后部，灯泡后面安装有凹面反光镜，灯筒前部装有一块凸透镜用以聚光。所以，聚光型灯发出的光线如同一个光柱。这种光柱可以造成明显的阴影，用来提供直射、强烈、平行的光线。

3. 柔光箱型灯 （图 1-43）

柔光箱型灯是一种漫射箱型光源。它能产生柔和的、分布均匀的光线。当闪光透过柔光箱时，前面的布板就成了光源。柔光箱能把一个小而亮的光点变成大束而柔和的光。柔光箱创造的效果均匀柔和。

伞灯亦属漫射型光源，它是依靠伞型漫射罩安放在影室内闪光灯前工作的（图 1-44）。伞灯的投射方式有两种，一种是反射式，一种是透射式。反射式伞灯利用伞的内凹面，将光线反射到被摄体上。透射式伞灯其伞面比较透明，拍摄时，闪光打向伞面，经伞面透射、漫射、扩散、柔化后，投射到被摄体上。

4. 轻便反射器

在室内或外景摄影时，折叠式反光器是一种很有用的附件。它采用反射材料制作，可用来减轻阴影。

思考与练习：

1. 摄影使用的基本照明设备都有哪些？
2. 摄影连续光源有哪些？
3. 电子闪光灯与连续光源的不同点是什么？
4. 按照光效不同，电子闪光灯可以分为哪些种类？
5. 什么是伞灯？伞灯的投射方式有几种？
6. 使用不同的光源拍摄10幅作品。

图 1-44 反光伞

第六讲 感光胶片

一、胶片的种类

我们通常使用的胶片可分为四类：黑白胶片、彩色负片、彩色反转片和一步成像胶片。

1. 黑白负片（图 1-45）

黑白胶片主要由片基和乳剂组成。片基是胶片的支持体，把乳剂涂布在它表面上就构成了胶片。乳剂的主要成分是照相明胶和卤化银（银盐）。乳剂的主要作用是将所摄影像以大小、深浅不同的卤化银颗粒的形式保留在片基上。

图 1-45

一般我们拍摄用的黑白胶片都是负片，负片指的是在曝光后，经过显影，在底片上得到与原被摄体明暗影调相反的负像的胶片。只有经过印像或放大，才能在相纸上产生与被摄体明暗一致的正像，成为一张照片。

黑白胶片从形态上可以分为页片、卷片；从感色性上分为色盲片、分色片、全色片和红外线片。

2. 彩色负片（图 1-46）

彩色负片由多层乳剂构成，能分别感受红、绿、蓝三种色光。当多层乳剂把景物分解成红、绿、蓝色三层分色影像后，又在彩色显影中使它们分别转变成各自的补色，得到由黄、品红、青色三层色影叠合的彩色片。因此，彩色负片在曝光、显影后所成影像是与被摄体原有的明暗关系相反的，色调是被摄体的补色的负像。

图 1-46

3. 彩色反转片（图 1-47、图 1-48）

彩色反转片又叫彩色正片，是指经过拍摄、显影之后，能够直接形成与被摄体影调、色彩相同的彩色正像，可以直接观看、放映或制版印刷。使用彩色反转片拍摄的摄影作品，颜色真实鲜艳、清晰度高、层次丰富。

彩色反转片的结构与负片结构大体相同，区别在于成色剂的性质：彩色负片的成色剂都是带色成色剂，而彩色反转片的成色剂是不带色彩的。

彩色反转片从感光度上可分为慢速片、中速片和快速片；从感光乳剂的平衡色温上也可分为日光型（适合色温在 5500K 的日光及电子闪光灯）和灯光 A 型（适合 3400K 灯光）、灯光 B 型（适合 3200K 灯光）。

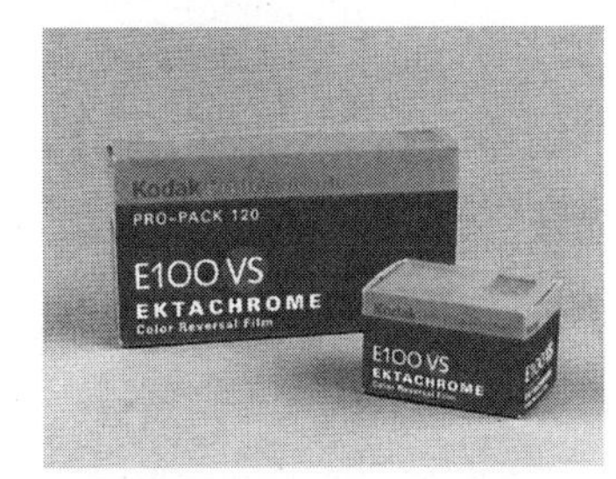

图 1-47

4. 一步成像胶片

一步成像胶片是专供一步成像照相机使用的彩色片，它不需要后期的加工过程，拍摄完毕后从照相机内取出之后，几分钟就能产生一幅色彩鲜亮的彩色照片，但拍摄时的环境温度对色彩的还原效果有一定的影响。

一步成像胶片有 102 毫米 × 105 毫米、111 毫米 × 64 毫米、88 毫米 × 107 毫米等不同规格。同时，一步成像胶片也有黑白片和彩色片之分。常用的一步成像胶片的感光度为 ISO100，也有速度达 ISO3200 的超高速一步成像片。一步成像胶片还有粘合型和剥离型之分，粘合型主要供业余摄影者使用，剥离型主要供专业摄影者使用。

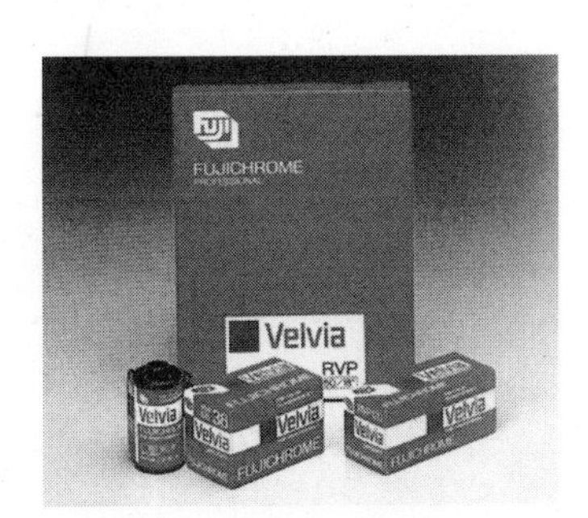

图 1-48

二、胶片的画幅

每一种画幅的照相机必须使用相应的胶片。35 毫米照相机的胶片按金属暗盒或塑料盒供应，而中画幅照相机使用的卷装胶片有一层防护背纸。大规格的胶片则按单独的散页供应。

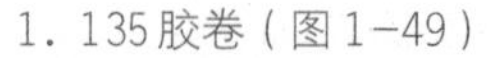

1. 135胶卷（图1-49）

135胶卷宽度为35毫米，故也称为35毫米胶片。135胶卷拍摄的底片画面大小为24毫米×36毫米，每卷135胶卷可以拍摄36张、24张或12张。若使用半格照相机也可拍到72张。它是在专业和业余摄影者中最流行的胶片画幅。其品种繁多，负片可用来制作照片，反转片可用来制作幻灯片。

图1-49

2. 120、220胶片（图1-50）

120胶片和220胶片用于所有的中画幅照相机。每卷120胶卷可以拍摄6厘米×6厘米底片12张，6厘米×4.5厘米底片16张，6厘米×9厘米底片8张。120胶卷有一层背纸保护胶片在装片和卸片时不会漏光。与120毫米胶片从头到尾都有背纸不同的是，220毫米胶片仅在末尾有背纸。因此，220毫米胶片能在一卷中同样的空间装更多的胶片。例如，120胶片可以拍摄6厘米×6厘米画幅的照片12张，而220胶片则可拍摄24张。除此之外，120胶片和220胶片完全相同。

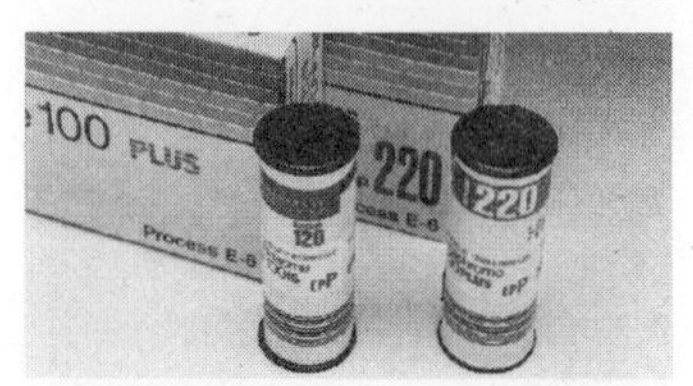

图1-50

3. 散页胶片（图1-51）

散页胶片主要用于大画幅照相机，常用的尺寸有4英寸×5英寸、5英寸×7英寸和8英寸×10英寸，它一般是按单独的散页供应或10页装的胶片包装，使用时必须装入特定的片夹。

图1-51

三、胶片的主要性能

1. 感光度（图1-52）

胶片的感光度是指胶片对光的敏感程度。感光度越高，对光越敏感，只需较少光线就能产生合适的影像密度；感光度越低，则需要较多光线才能在底片上产生合适的影像密度。因此，感光度高的胶片，曝光要少；感光度低的胶片，曝光要多。

感光度在胶片的包装上有标示，较常见的胶片感光度的标示方法有美国的ASA制、德国的DIN制、国际标准组织的ISO制和我国的GB制，其中ISO制为目前国际上较通用的标示方法。ISO50以下的胶片称为慢速片；ISO64~ISO125之间的照片称为中速片；ISO160~ISO320之间的胶片称为快速片。我国的GB制与德国的DIN制所表示的感光度的数值完全相同，如GB21°就等于DIN21。而美国的ASA制又和国际标准组织的ISO制所表示的感光度的数值完全相同，如ASA100就等于ISO100。

2. 密度

密度是指感光材料在曝光之后，经过显影、定影，银盐被还原或者染料形成的沉积量。通俗地讲就是影像的变黑程度，用英语字母D表示。密度的大小与曝光量和显影时间的长短有很大的关系。曝光量大，显影时间长，影像变黑程度也就越大，密度也就越大。在光学计量中，常以阻光率的对数作为一个参量来衡量密度。当光线照射一个透光体时，投射光量和透过光量的比值就称作阻光率。

阻光率＝投射光量÷透过光量

例如，投射光总量为100，透射过去的光线总量为0.1，则阻光率则为100÷0.1＝1000。1000的对数是3，则其密度就是3。

3. 灰雾度

理论上讲，没有经过曝光的胶片，经过显影之后不应有任何银盐被还原。但是，实际操作中，即使是没有经过曝光的胶片，经过显影之后也会有一部分银盐被还原，在底片上产生一定的密度，这种密度我们称为灰雾度。灰雾度较小，对拍摄和印放不会产生太大影响，但灰雾度太大，就会影响照片的反差、清晰度以及画面效果。

灰雾度的大小与感光度、乳剂成分、存储条件及显影都有关系。通常情况下，感光度高的胶片，灰雾度大，存储温度过高的胶片，灰雾度大；过期的胶片，灰雾度大。

4. 反差与反差系数

反差和反差系数是摄影中经常使用的两个概念，但反差与反差系数是两个不同的概念，它们之间有着极为密切的联系，又有着严格的区别，不能混淆。

反差有两种，一种是景物的明暗差别，称为景物反差；另一种是影像中各部分的明暗差别，称为影像反差。

反差系数一般常用希腊字母 γ 表示，因此也称为伽玛系数。它是指影像反差与景物反差的比值。反差系数 = 影像反差 ÷ 景物反差。如果反差系数为 1，说明影像反差与景物反差是一样的。如果小于 1，说明影像反差比景物反差小。如果大于 1，说明影像反差大于景物反差。

黑白全色胶卷的反差系数约为 0.7，这就是说在正常曝光、冲洗条件下，景物中 10 比 1 的亮度差，胶卷上只能以 7 比 1 记录。

5. 清晰度

胶片的清晰度是判断影像质量的重要标准，指的是影像上每个细部的清晰程度。细部清楚，表明胶片的清晰度高。在感光材料的生产过程中，乳剂中的银粒大小和分布情况与颗粒度有着紧密的关系，也和照相机的其他特性有着相互关联的作用。颗粒度是指照相影像密度不均匀分布的客观度量，即颗粒性的客观度量。其计算比较复杂，要使用微密度计来进行测量。卤化银粒涂布较为分散的，颗粒度细、感光度低、反差性强、宽容度小、解像力高、灰雾度小；卤化银粒涂布较为集中的，颗粒度粗、感光度高、反差性弱、宽容度大、解像力低、灰雾度大。

另外，银粒的不规则排序和涂布的不均匀或重叠现象，以及后期的冲洗条件和实际放大倍率的大小都是影响颗粒度的因素。

胶片的清晰度受到多个方面因素的影响，例如，镜头的清洁度、对焦的虚实、景深的运用、曝光的控制、冲洗印放的过程等等。

6. 宽容度

胶片的宽容度是指胶卷能够按比例记录被摄影景物明暗范围的能力。所谓按比例记录，是指底片上形成的密度与胶卷接受的曝光量的增加成正比。这个范围越大，就表示胶卷的宽容度越大。反映在特性曲线上，就是特性曲线的直线部分。

不同类型的胶片宽容度也不同。负片的宽容度通常比反转片要大一些。被摄体亮度范围大，宽容度小；被摄体亮度范围小，则宽容度大。

四、DX 编码

随着照相机自动化程度的不断提高，为满足这种自动化的需要，20 世纪 80 年代，人们开始在 135 胶卷上进行“自动化资料暗码”处理，简称为 DX 编码。（图 1-53）

打开胶卷之后，我们在胶卷外壳上会发现一由黑色和银色方格组成的图案，其中，黑色方格是绝缘的，银色方格是导电的。所以，改变黑色与银白色的标示位置，就可以表示关于这个胶卷的很多信息。在自动照相机里，胶卷的感光度，可拍张数等信息都是通过这

ISO 25 软片感度

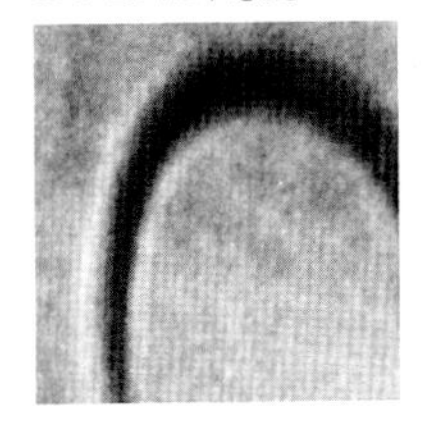

ISO 400 软片感度

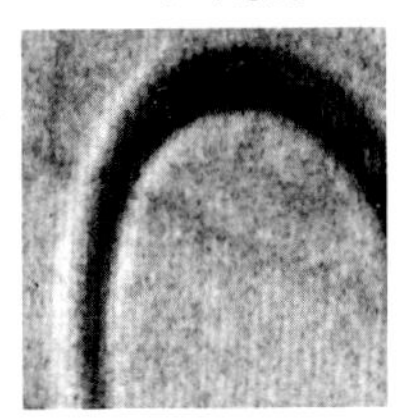

ISO 400 软片感度的 T- 粒子软片

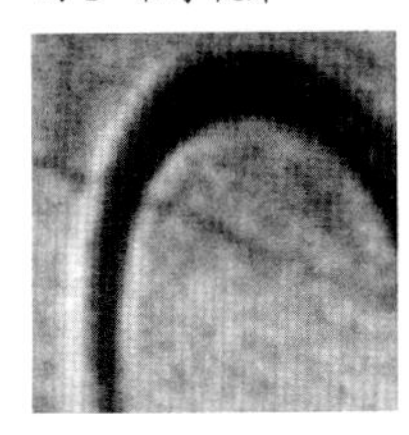

ISO 1600 软片感度

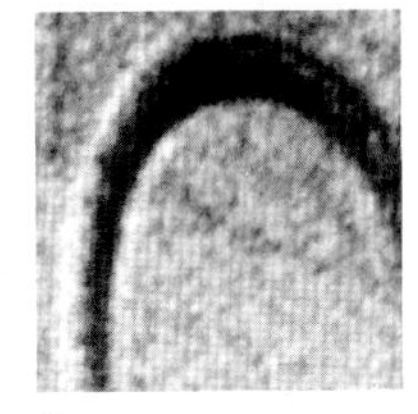

图 1-52

图 1-53 暗盒上银色和黑色方块组成的图形即为 DX 编码

思考与练习：

1. 感光胶片可以分为哪几类？
2. 彩色反转片和彩色负片的不同点是什么？
3. 胶片按画幅可以分为哪些种类？
4. 什么是胶片的感光度？
5. 什么是反差？
6. 分别使用负片和反转片拍摄10幅作业。

些方格“告诉”照相机的。

有的时候，我们可以通过人为改变黑与银的标示，从而“骗”过照相机，方便我们拍摄。例如，你正在使用的ISO100的胶片由于过期，其感光度下降为ISO50，如果你把胶片直接放入照相机，照相机会显示这是ISO100的胶片，仍按ISO100的胶片进行曝光，结果就会曝光不足。为了改变这种错误，我们把胶片暗盒上ISO50与ISO100相对应的黑色的方块用小刀刮去，使其能够导电。在银色的方格上贴上透明胶带，使之绝缘。经过这样的处理，ISO100的胶片，就变成了ISO50，照相机也会将其识别为ISO50，从而获得正常的曝光。

第七讲　曝光控制

摄影所接触的许多问题中，曝光控制无疑是其中最为重要也是较为困难的问题之一。之所以最为重要，在于它是摄影过程中的一个关键性步骤，如果曝光不当，势必造成无可挽回的失败；之所以成为困难问题，在于摄影首先要善于鉴别光线的强度，并很好地加以运用，否则不可能获得满意的照片。

一、正确曝光

要想得到一张照片，我们要经过曝光、显影、放大等过程。摄影曝光是我们获取影像图片的第一步。在整个摄影过程中，正确曝光是至关重要的一个环节，它对最终影像的好坏起着决定性作用。所以，要想得到一张反差适中、密度适中、影调丰富的照片，就必须使银盐胶片正确曝光。正确曝光是一切摄影的技术基础。（图 1-54~ 图 1-56）

图 1-54 正确曝光

摄影曝光，就是摄影者对拍摄环境光线照明状态进行准确判断，然后调节快门和光圈的组合，使银盐曝光，记录光线。如果予以科学的解释的话，即是：光线强度乘以光线所作用的时间。定义中的“光线强度”，是指感光胶片受光线照射的强度，即照度（以 I 表示，单位是勒克司）；定义中的“光线所作用的时间”，是指感光胶片受光线照射的时间，即曝光时间（以 T 表示，单位是秒）。曝光量以 E 表示，计算单位就是勒克司·秒，得到公式如下：

E（曝光量）= I（照度）× T（曝光时间）

依据这个公式，可以得出：若要取得一定量的曝光量，则光强度愈大，曝光时间愈短；光强度愈小，曝光时间愈长。

图 1-55 增加一级曝光

正确曝光的含义简单来说就是：在适当的时间里让感光片受到适当的光量照射。摄影者为了达到正确曝光的目的，必须关注照相机的两个重要装置，即光圈和快门。快门是控制光线在感光片上停留的时间；光圈是控制光线到达感光片上的数量。前者是控制曝光时间的长短；后者是控制通过镜头光量的多少。快门和光圈适当地配合，可得到所需的曝光量，达到正确曝光的目的。

通过以上阐述，我们知道开启得较大的光圈要比收缩得较小的光圈能让较多的光线通过镜头到达胶片上，较低的快门速度要比较高的快门速度能让光线较长时间地停留在胶片上。由此可以得出：光圈 f/5.6 与快门速度 1/125 的曝光组合，和光圈 f/11 与快门速度 1/30 的曝光组合，所获得的曝光效果是一样的，这就叫做等量曝光。由于它们的曝光量是相等的，所以体现在底片上的密度是一致的，体现在黑白照片上的影调层次也是一致的，体现在彩色照片上的色调还原与再现也是一致的。但是，等量曝光组合体现在画面效果上有两个重要差别：一是由于光圈的大小形成了不同的景深；二是由于快门速度的高低构成了物体影像的不同清晰程度。因此，对曝光组合的选择应根据摄影者的主观拍摄目的来决定。

图 1-56 减少一级曝光

曝光是摄影最基本也是最重要的技术之一。高质量的影像必须以准确的曝光为前提。曝光原理很容易理解，但要掌握好曝光技术，需要实践与理论的结合，需要摄影者付出长期的努力。

日光照射方向与曝光

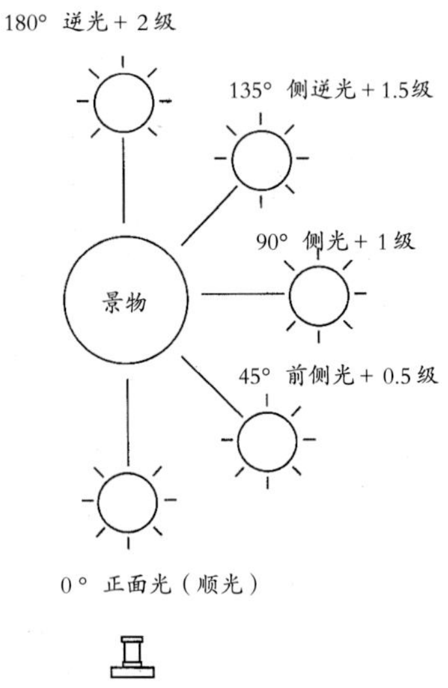

180° 逆光＋2级

135° 侧逆光＋1.5级

90° 侧光＋1级

景物

45° 前侧光＋0.5级

0° 正面光（顺光）

图 1-57

二、影响曝光的主要因素

1. 光源的强度

摄影成像依靠光线照明，光源发射光线的强度决定着被摄物象的亮度，物象以它所接受的照度来使感光胶片曝光。光源的强度愈高，照度愈大，物象愈亮；反之，光源的强度愈低，照度愈小，物象愈暗。所以，光源的强度直接影响着感光胶片的曝光。

2. 物象的亮度

（1）光源的照明方向

照明方向是指在照相机与被摄体位置固定的情况下，照明光源与被摄体及照相机所构成的不同角度而产生的方向性。不同位置的光源，按其照明情况可分为正光照明、侧光照明和逆光照明。光源照明方向的不同，体现在被摄物象上表现为受光面积的大小不同。(图 1-57）

光源在被摄对象前方，从正面照明，叫做正光照明，此时物象受光面积大、亮度高。光源在被摄对象的侧方，从侧面照明，叫做侧光照明，此时物象受光面积等于正光照明的一半左右，另一半处于阴影之中，亮度较正光照明低。光源在被摄体的后方，从背面照明，叫做逆光照明，此时物象受光面积很小，大部分面积处于逆光的阴影之中，亮度很低。由正光照明至逆光照明的物体，其照明面积由大至小，其照度也由亮至暗。

（2）物体的反光能力

自然环境中各种物体的表面对光线都具有不同程度的反射作用。在同样光线条件下，不同的物体对光线的反射能力有很大差异，对摄影曝光能产生相当大的影响。物体对光线的反射能力与其表面结构和色调有关，表面结构光滑的物体比表面结构粗糙的物体反光能力强、亮度高；浅淡色调比深暗色调的反光能力强、亮度也高。因此，在摄影曝光时，要把被摄物体的不同反光能力考虑在内。明亮而浅淡的物体，反光能力强，亮度高，应适当选用较高的快门速度或收缩光圈；粗糙而深暗的物体，反光能力弱，亮度低，应适当选用较低的快门速度或放大光圈，来满足曝光的需要。

（3）拍摄环境的明暗

摄影中可能遇到各种环境，同一个被摄对象在不同的环境中，有可能产生不同的亮度，也将影响曝光。例如，当在海滨、雪地、沙漠等明亮的环境中拍摄人物活动时，由于这类环境存在大量的反射光线，往往使被摄对象的亮度普遍提高，在这种情况下确定曝光组合，一般要提高一、二级才能适应。

思考与练习：

1. 什么是正确曝光？
2. 影响曝光的主要因素有哪些？
3. 根据不同的环境及天气拍摄10幅作业。

第八讲　黑白暗房工艺

一、规划暗房

1. 暗房的设计

每个从事黑白摄影的摄影师都有属于自己的一套冲洗方法，这与他们的暗房设计、装备及个人习惯有着密切的关系。因此，随着摄影工作的发展，规划一个面积大小及设备适合自己的暗房成为了必须。暗房的设计要把“湿”与“干”两部分严格分开。将暗房的一边作为“湿”的部分，另一边作为“干”的部分，中间是一条约一米宽的走道（图1-58）。“干”的部分应有充分的空间便于装卸胶片、安放放大机及有关设备之用。“湿”的部分主要用于安放显影罐、冲洗盆和水洗池。有关“湿”的操作绝对不能侵犯“干”的部分。另外，暗房要保持清洁，所有的平面都要可以清洗，且能防水。室内要有足够的空气流通，以排除化学气味。

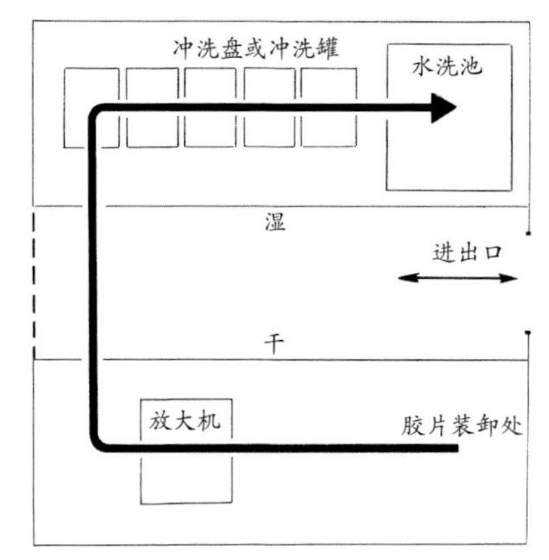

图 1-58

2. 工作室的设计

工作室主要是用于相片的晾干与装裱，安置存放胶片、放大纸以及底片、像片等工具设备。此外，还应有一个灯桌、密度计和其他设备。像暗房本身一样，工作室也必须保持清洁和良好的通风。

二、胶片的冲洗原理、设备与步骤

1. 胶片的冲洗原理与设备

胶片曝光后，部分卤化银在光的作用下生成潜影，这些潜影必须经过显影、定影等环节才能转化为底片。在拥有了一个适合自己的暗房后，我们便可将曝光过的胶片带入暗房进行冲洗了。冲洗中的设备主要有以下几种。

（1）显影罐：它可以是塑料的也可以是金属的，分别由罐体、罐盖、片盘组成。

（2）暗室计时器：一个比较大的精确的计时器可以方便你控制冲洗时间。

（3）各种药液：至少需要3种不同的化学药液，装在暗色容器内以防变质。

（3）温度计：时间温度法显影要求准确计量温度。建议买一个专供暗房使用的金属温度计。

（5）量筒或量杯：各种不同规格刻度精确的量筒或量杯能看出药液的准确分量。

（6）胶片夹：用以夹注胶片，吊起晾干。

（7）裁刀：用于剪裁不同大小的底片。

（8）底片袋：用来储存不同规格的底片。

图 1-59

2. 黑白胶片冲洗的步骤

以上设备准备齐全后便可以开始进行胶片的冲洗。

第一步：把胶片缠绕在片盘上。这是在整个显影工作中唯一要用一点技巧和必须在完全黑暗的状态中进行操作的步骤。（图1-59）

第二步：注入显影液。首先，应在量杯中倒入足够的显影液，使得它能够在显影罐中把胶片完全浸没。然后，检查温度，调整计时器，一切符合要求后（显影的温度和时间要标准化），立刻把显影液倒入显影罐中。倒入显影液时，需将显影罐倾斜，这样既容易倒又不易积聚化学反应产生的气泡。（图1-60）

图 1-60

第三步：搅动。搅动的速度和频率对最终的显影结果会产生明显的影响。因此，要按

图 1-61

图 1-62

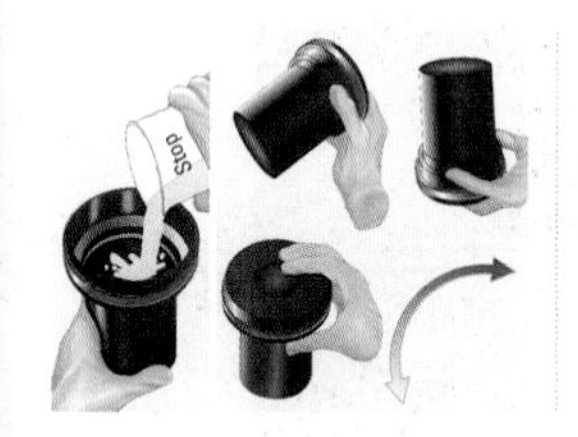

图 1-63

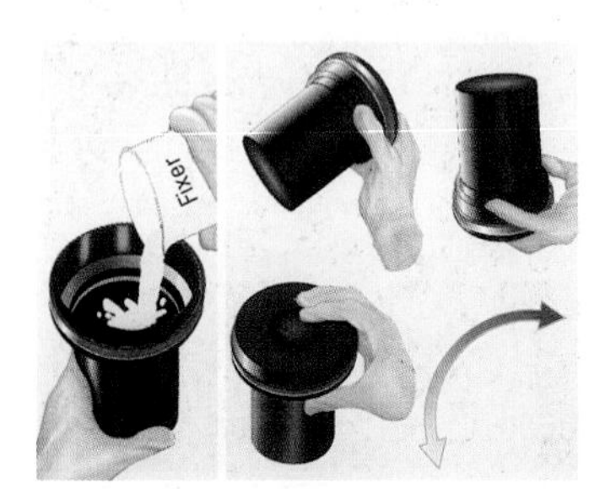

图 1-64

图 1-65

照随显影液提供的说明书的建议进行搅动。搅动得越快，显影的速度也就越快。必须保持一个恒定不变的频率，以便得到保持不便的结果。（图 1-61）

第四步：倒出显影液。当计时器设定显影时间响起时，立即倒出显影液。（图 1-62）

第五步：注入和倒出停显液。将停显液注入显影罐停显 30 秒至 1 分钟后立即倒出。注意此过程依然要保持一定频率的搅动。（图 1-63）

第六步：注入定影液。定影液应当和显影液保持同样的温度。定影的时间依旧按照厂家提供的说明书的建议进行。同样，此过程中依然要保持一定频率的搅动。（图 1-64）

第七步：把定影液倒出。达到所需定影时间后，便可倒出定影液。（图 1-65）

第八步：胶片的水洗。按照显影定影的温度水洗 45 分钟。用一个水管把水通到显影罐片盘的中心孔内，这样可以保证清水直接通过胶片冲洗，把残留的定影液完全洗掉。（图 1-66）

第九步：加湿润剂。湿润剂能够减少水的表面张力使水不能粘在胶片上，这样有助于胶片上不易形成由于水滴在干燥过程中所产生的条纹水印纹。（图 1-67）

第十步：胶片晾干。用海绵去除胶片上多余的水，将底片挂在没有灰尘与外界隔离的空间内自然晾干。（图 1-68）

第十一步：保存底片。将完全晾干后的底片剪下，根据内容上贴上标签装入无酸底片袋中。（图 1-69）

三、黑白照片的制作

1. 放大的原理和所需的设备

照片的放大是利用放大机将负像转化为正像的同时，放大底片的画幅。在放大光源的投射下，负片影像通过放大镜头结影在放大纸上。镜头离放大纸越近，影像的放大倍率越小；镜头离放大纸越远，放大倍率越大，放出的影像也越大。

放大的设备主要有以下几种（图 1-70）：

（1）放大机。放大机的种类按底片的规格可分为 35 毫米、6 厘米 × 6 厘米、6 厘米 × 7 厘米、6 厘米 × 9 厘米、4 英寸 × 5 英寸、5 英寸 × 7 英寸、8 英寸 × 10 英寸甚至更大。按光源类型可分为聚光式、散光式和聚散光式。

（2）放大镜头。放大镜头是把平面的底片影像投射到同是平面的放大相纸上，其质量的体现主要表现在光投射到放大相纸上相纸四角的均衡度、镜头的解像力、色彩的还原、镜头炫光的大小及影像的锐利程度上。

（3）放大尺板。放大尺板一般由金属材料制造，是承托放大纸的基本工具。可分为框架式、二遮边式和四遮边式三种。框架式尺板为定幅结构，只允许承放同一种规格的放大纸。二遮边式尺板简单易用，适合承放不同规格的放大纸，但有留白边尺寸不规范和有时放大照片四角不垂直等缺点。四遮边式尺板为专业人士设计，照片四边可留出等量白边。具有操作方便、画面四角确保垂直等特点。

（4）曝光定时器。放大曝光定时器是一种控制曝光时间的工具，分为机械式和电子式两种。机械式多为表盘式结构或拨钮式结构，电子式多为数字显示型，可根据不同曝光时间进行选择。

（5）放大调焦器。在放大过程中，精确地调焦是非常重要的。放大调焦器的作用就是利用大倍率的放大镜提供精确清晰的焦点影像。

（6）遮挡工具。放大过程中，常常进行局部遮挡或加光，而进行这项工作所使用的工具称为遮挡工具。遮挡工具是由一根细金属棒连接多种不规则形状的不透光薄材料制成，它可适应不同影像形状的需要。

（7）安全灯。安全灯是暗房工作不可缺少的设备。品质优良的安全灯可使操作者在较明亮的环境下舒适地工作，而相纸或其他感光材料也不受影响。设计合理的暗房，安全灯的照明分布应是理想而明亮的，这样比起昏暗的暗房，工作时会更方便、更有效率。

2. 放大照片的操作程序

放大照片前应先做好放大机操作台、冲洗区和底片的清洁工作。配好要用的药水，调好药液的温度，准备好要用的工具。最后，关门关灯后，检查暗房的通风、遮光和安全灯的情况。一切就绪后，就可进行放大操作了。

第一步：安放底片。安放时底片药膜面向下，影像应倒置，这样投射在尺板上的影像就是正像，便于后期的剪裁和调焦。

第二步：调整机身位置，剪裁画面，确定放大尺寸。开启光源，调大光圈，影像投射到尺板上，调整放大机身的高低，直到所需的剪裁画面符合画幅尺寸的大小。

第三步：精确调焦。把光圈开到最大，使影像明亮，利用放大调焦器进行精确地调焦。

第四步：放大试样，求取最佳曝光量。通过小条的放大纸曝光测试，获取正确的曝光时间。常用的试样方法有主要部分试样和梯阶试样。

第五步：放大曝光。试样取得正确的曝光数据后，关闭放大灯，将放大纸置于尺板内，四边用滑尺压住，再按试样取得的数据曝光。将曝光后的相纸进行显影、停显、定影、水洗和晾干。

第六步：照片的装裱。根据不同的照片不同的要求对最终的照片进行装裱。

图 1-66

图 1-67

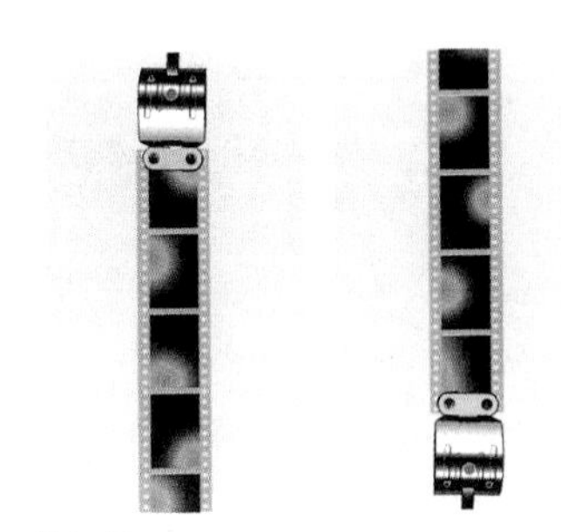

图 1-68

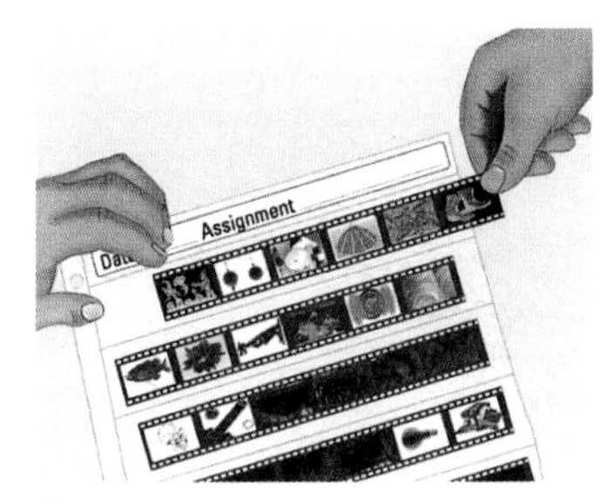

图 1-69

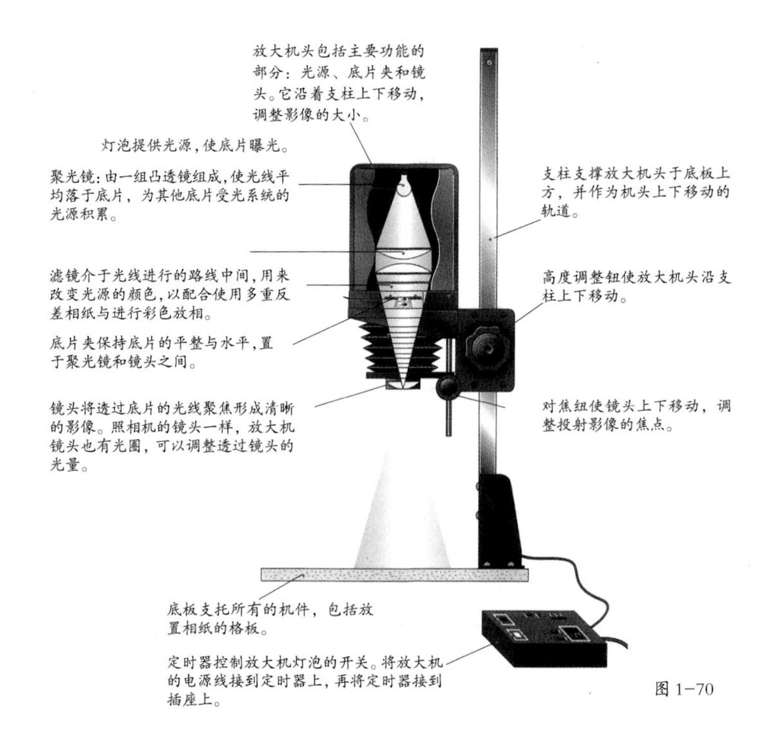

图 1-70

思考与练习：

1. 如何规划一间暗房？
2. 冲洗胶片的设备主要有哪些？
3. 冲洗黑白胶片的步骤有哪些？
4. 放大照片的设备有哪几种？
5. 放大操作的程序有哪几步？

第九讲　数字图像系统的建立

一、数字图像概说

数字图像是指以数字形式存储的影像。常见的数字图像分为矢量图和点阵图两种。矢量图由矢量轮廓线和矢量色块组成，文件的大小由图像的复杂程度决定，与图形的大小无关，矢量图可以无限放大而不会模糊。点阵图也叫位图，它是由像素点组成的。我们平时看到的很多图像如数码照片就是一种点阵，它们是由许多像小方块一样的像素点(Pixels)组成的，位图中的像素由其位置值和颜色值表示。点阵图的分辨率有一定大小，所以不能无限放大。

在人类的视觉概念中，一个三维立体的构成，可由点连接成线，由线连接成面，由面延续成立体，如同堆砌积木一般，立体面的高乘以宽再乘以其深度即为其体积。

数字影像的结构就像一个立方体一般，其一格格的最小单位为"像素"。每一个像素均具有厚度，称为"色彩深度"，将某个长宽数目的像素排列在一起，即可以组合出一幅数字影像，而此数字影像在电脑记忆体内所占的体积，即是此影像资料的档案大小。

数字照相机在拍摄影像时，即是把场景光的信号，经过镜头投影在感光元件的受光面上，化成一格格"像素"上的数值资料，依照感光元件的辨色能力，储存成某种色彩深度的像素信号，扫描仪的原理也与此相似。

像素是"图像元素"的简称，英文全名是Picture Element，简称为Pixel，为数字摄影所能处理的最小元素。把不同颜色的像素排在一起，就能排出不同的影像，彩色的像素就能排列出彩色的影像。而单位长度内能排列多少像素的能力称为空间解析度。在各像素上能表现多少种颜色的能力可视为色彩的解析度，英文称之为Color Depth，一般常称之为色彩深度。

数字摄影是用数字照相机直接拍照，没有黑白或彩色胶片之区别，CCD记录器本身记录的都是单色模式，一幅色彩丰富的照片是由R、G、B三个要素组合记录的结果，因此一个同样画面的彩色文件要比黑白文件大得多。

色彩深度和色彩的解析度，在中文的字意上不太有直接的关联，但在形式上可以把一个数字影像想象成由一个个像素所聚合成的平面，而在每一个像素后面的第三度空间隐含着储存色彩信号的能力，深度越深储存的空间越多。以摄影的术语来说，就是能表现的层次较多，而以电脑的术语来说，就是能有较大的数值范围或是使用较多的记忆空间。

电脑的记忆方式皆由电子化的0与1所组成，而记忆体的最小单位称之为比特(Bit)，1比特的空间只能记录一组0或1的资料，将两个比特结合在一起就能组合出00、01、10、11等四种(2×2)的组合。使用多少个比特的记忆体空间去记录一个像素的色彩资料，就能决定在此像素上可有多少级的色彩变化，亦即其可能出现的层次范围，这决定了数字影像的色彩深度。而现今电脑内常见的记忆体，是以8个比特为一单位的比特组(Byte)，而1 Byte所能储存的，即是一般常用的256级信号阶层。

彩色软片是针对可见光以CMY(青、洋红色与黄色)三色层分别记录影像的彩色成分，而彩色相纸以CMY色料来重组影像的色彩信号。数字摄影本身没有黑白或彩色软片之分，影像的色彩特性是在输入阶段依靠像素的色彩解析能力而设定，在输出阶段以对应的色料还原出影像的彩色特征。

由于电脑屏幕本身的发光特性，电脑的色光组合呈现加法色的特性(三色光加在一起会变成白光)。因此电脑上的主色层以RGB三色频为控制基础，当不同级数的RGB信号相混合时，彩色的效果就会产生。以24 Bits的色彩深度，用RGB三色各占1Byte (8Bits)的记忆方式，在电脑上可以混合出256×256×256=16777216种颜色，此即为在电脑上最常见的RGB全彩模式，是以全彩的RGB模式在印刷上的呈现。

数字图像的品质与文件的大小表现着能量守衡的定理，要想得到一个理想的图片，必须具有满足画面尺寸的足够大的文件量，否则会因文件量不足，而出现边缘锯齿，也就是马赛克现象。或者由于文件过大，而浪费存储的空间，带来不必要的运算速度缓慢。

数字图像的处理，包括许多步骤，一个完备的数字图像处理系统是由数字图像输入、数字图像处理、数字图像输出所组成的有机整体，连接数字图像输入和数字图像输出与数字图像处理的还有数字图像存储(图1-71)。

1．输入图像

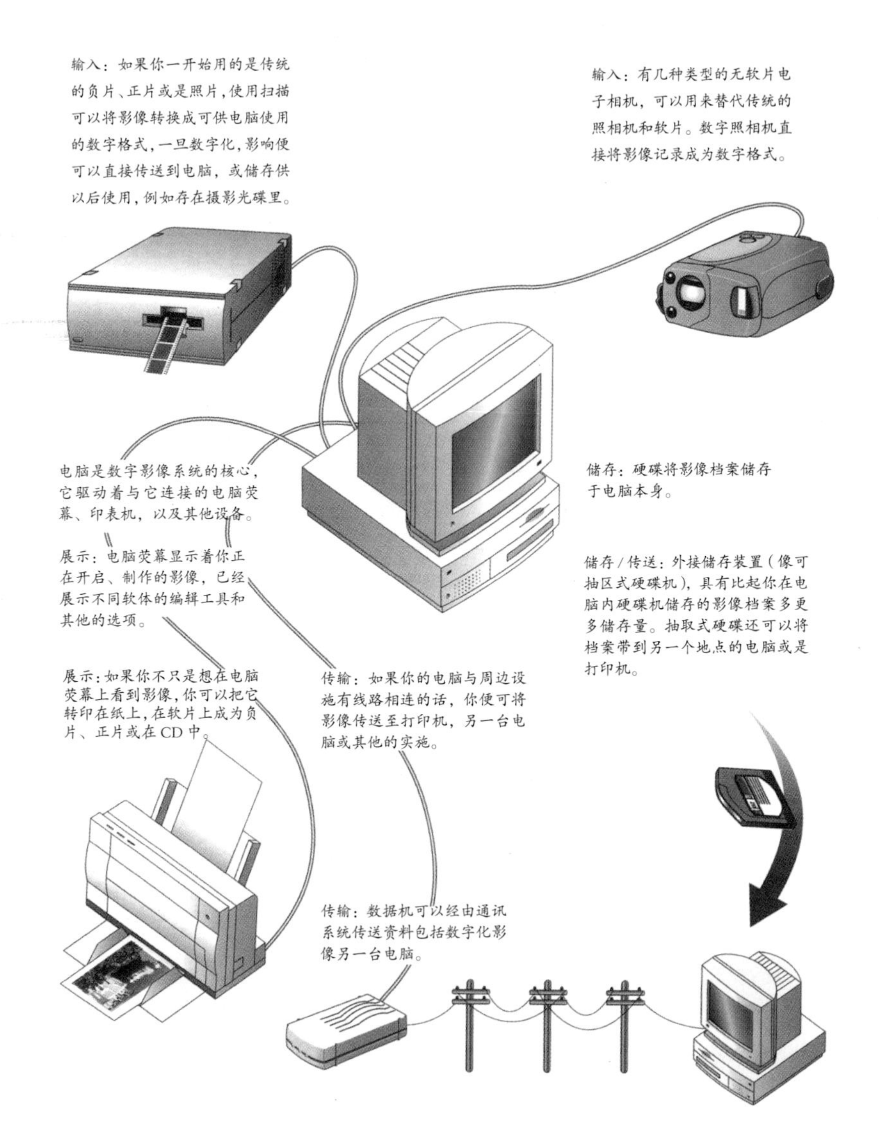

图1-71

数字图像处理系统能输入数字图像资料，如数码照相机拍摄的图像，网络上下载的图像，还有通过扫描仪输入的照片，以及印刷的图片、视频静态画面等。

2. 存储图像

数字图像处理系统能通过硬盘或光盘等载体将各种数字图像资料存储下来，其优点是：存储的信息量大，保存时间长，检索方便，调动迅速，复制便利，使用方便，可为各种创作加工和信息交流提供丰富的图像素材。

图 1-72

3. 处理图像

加工和处理图像是数字图像处理系统中最突出、最重要的功能。它可以完成对数字图像的修饰、调整，能改变图像的色彩、色调、亮度和对比度，能将图像重叠、衔接、柔化和重新组合，还能完成一系列的特技效果。这些效果是传统的暗房工艺难以完成的。

4. 输出图像

数字图像处理系统能将处理后的图像以各种方式输出。例如输出到打印机打印成彩色图片，输出到投图仪投射到屏幕上，也可以输出到显示器上观看。

5. 传输图像

数字影像处理系统能通过计算机和无线通讯工具以及网络，迅速将加工处理完成的各种影像资料发送到世界各地。

图 1-73

二、色彩管理系统

色彩管理系统(Color Manage System)最早出现于彩色书刊印刷业中。从20世纪70年代开始，从事彩色书刊印刷的从业者发现，不同印刷设备之间的色彩系统互不兼容，同一个印刷档案，在不同的印刷系统输出，就会出现不同的色彩效果(图1-72～图1-74)。20世纪80年代以后，随着电脑的普及，使用电脑处理图片成为一种潮流。但不同的电脑系统之间的色彩系统也不兼容，同一个数字图像，在不同的电脑系统中，会显示出不同的色彩效果。

为了解决这个问题，苹果电脑公司于1990年推出了ColorSync1.0色彩管理系统，使得苹果生产的所有电脑可以获得相同的色彩效果。但这套系统仅限于苹果公司自己生产的电脑中。1993年，由8个电脑及电子影像发展商组成国际色彩联盟(International Color Consortium简称ICC)，为了解决各个公司不同产品之间色彩管理的兼容问题，决定建立基于电脑系统之内、利用“ICC Profile”(色彩描述档案)作色彩转换的色彩管理系统。每个设备只须一个“ICC Profile”，系统便可简洁地管理色彩。这样一来，任何输入或输出设备支持这个系统的话，它们之间便可以作准确的色彩转换。

图 1-74

近年来，随着数码照相机、扫描仪、打印机、数码彩扩机等与摄影相关的数码产品的逐步普及，人们也越来越关心色彩管理系统在数码摄影中的应用。数码摄影包括了三个过程，一是拍摄，二是修正和调整，三是输出。摄影者在拍摄结束之后，最关心的就是数码照片上的色彩与真实拍摄环境的色彩是否相同，经过处理后的数码图片，其色彩与拍摄的原始数码照片是否相同，在最终的输出过程中能否忠实再现数码图片中的色彩。在这三个过程中，贯穿始终的是色彩，所以色彩管理是数码摄影过程中的核心问题。

色彩管理的办法是比较设备输出色彩和标准色彩的差异，从而获得控制和校正设备的信息，产生一个该设备的校正特形文件“ICC”，通过在设备中带入“ICC”文件，最终使输出设备再现的色彩和输入设备获得的色彩高度一致。这种通过比较和调整的方法是色彩管理的主要方法。

在进行色彩管理过程中，需要使用的设备有：

1. 标准色卡。标准色卡是印有许多标准色彩的卡片，一般是纸质的。卡片上有多种渐变的色块，每个色块的颜色都有严格的标准，在色卡描述文件中对其颜色进行说明。色卡上的色块越多，起到的校正作用越精细。(图 1-75)

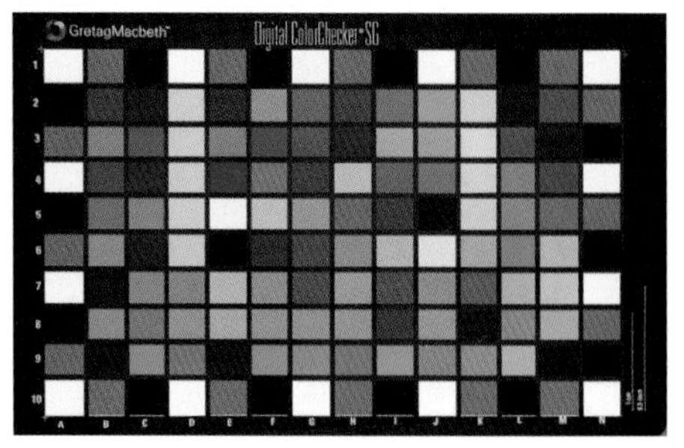

图 1-75 数码照相机校准色卡

2. 分光光度仪：可以测定某种色彩中包含的不同波长的光的强度，对色彩的物理特性进行严格的测量，获得某种颜色中所有组成光线的光谱图。密度仪是对光线强度的总体测量，而分光光度仪可以细致地测出不同色光的强度，因此可以替代密度仪的作用。而且它的测量不受环境光线的影响，所以在色彩管理中，它比密度仪和色度仪强大很多。(图 1-76)

图 1-76

3. 软件。上述硬件可以完成设备输出色彩和标准色彩的比对和记录，但还需要对数据进行分析并生成与设备相关的 ICC PROFILE 的软件。最常用的是 GretagMatch 公司的 PROFILE MAKER PRO。

色彩管理的操作流程分为两个部分：首先要得到并配置输入设备和输出设备的 ICC PROFILE，设置色彩空间转换方式，获得满意的输出色彩。接下来，给设备输入一组标准色彩的 RGB 或 CMYK 数值。如给扫描仪的数值是一张标准的色卡，给打印机的则是一份标准色卡的描述文件。通过检测工具检测输入色彩和输出色彩的差别并记录，将记录的数据交专门的色彩描述档案生成软件生成设备的色彩描述档案，应用生成的色彩描述档案进行输出，并根据结果对色彩描述档案进行微调，完成色彩描述档案的制作。这样一来，应用了新的色彩描述档案之后，输出设备与输入设备的色彩就能保持一致。

三、数字图像的输入与输出

数字图像的输入与输出系统是数字图像成像系统中十分重要和关键的两个部分。输入和输出系统的选择和使用，直接关系到图像的质量和最终效果。因此，熟悉数字图像的输入与输出方式，了解每种方式的特点，才能最终选择出合适的互相配合的输入和输出系统。

1. 数字图像的输入方式

（1）由数码照相机拍摄完成数字图像输入。

数码照相机拍摄的画面是以数字图像的形式存储在照相机内的存储媒介或可移动式存储器的存储卡当中，图像数据可以通过连接线直接输入到计算机中，以图形文件的形式存储。通过数码照相机拍摄得到的数字图像使用方便、传输简便，而且拍摄完成就可以直接进行使用，具有较大的灵活性，所以，数码照相机拍摄完成的数字图像是数字图像输入最常用的一种方式。

（2）通过扫描仪等计算机外部设施完成的照片和图片的输入(图 1-77)。

图 1-77

主要输入设备是扫描仪，它是用来将照片、幻灯片或手绘原稿转换为数字数据的设备。可分为两大类：平台式扫描机和滚筒式扫描机，平台式扫描机的原稿架为平面，结构紧凑，采用 CCD（电荷耦合器）作为感光组件；滚筒扫描机的原稿架则为透明滚筒，结构复杂，采用 PMT（光电倍频器）作为感光组件。

随着CCD技术的发展，现在市场上有由低价位的黑白扫描机到高价位的专业彩色扫描机各种系列的平台式扫描机，专业平台式扫描机通常比传统滚筒式扫描机便宜，但他们在扫描时能得到相近的品质。

图 1-78

2. 数字图像的输出方式

数字图像的输出方式根据不同的需要，有以下几种：

（1）通过显示器或者投图仪等显示设备显示观看数字图像。

数字图像可以直接在计算机显示屏上显示，可以转换为视频信号输出到电视机上，也可以用液晶投图器投图在屏幕上。

（2）相纸等各类纸质媒介。

数字图像打印成图片，可获得类似传统照片的效果，所以有人称为数字照片。数字图像是通过打印机在专用的纸张上打印图片，图片的规格大小可以任意设置。(图 1-78)

（3）以光盘为载体的各类数字文件。

编辑完成的数字图像资料，可以通过光盘刻录机将数字图像刻录在光盘上，既可以长期保存，又便于随时调用和交流。

（4）远距离传输。

数字图像可以通过机内的 Modem 和各种无线通讯设备迅速传输到各地，及时用图形传播各种信息已成为现代信息传播中最为实用、有效的技术手段。

四、数字图像的处理软件

数字图像的处理软件是对数字图像进行加工制作的最常用的工具，它的品种非常多。制作处理矢量图的软件主要有 Freehand、 Illustrator 等，处理点阵图的软件主要有 Photoshop、Photopaint、Painter等。这里简单介绍图像处理软件中最常用的几种工具软件。

1. Adobe Photoshop

Photoshop是Adobe公司发行的一种功能强大且最为流行的图像处理软件，特别适用于对摄影作品进行修改、描绘、艺术加工和特技处理。Photoshop 除了能完成从数码照相机、扫描仪输入数字图像，从计算机输出数字图像直至打印外，还提供了许多使用有趣的图像处理工具以及更多的图像制作选项。利用这些工具和选项，同时充分发挥你的想象力，可以完成各种图像处理技术，得到超乎想象的效果。Photoshop 已经成为一项行业标准。

2. ACDsee

ACDSee 是目前最流行的数字图像处理软件，同时，它也是一款适用于 Windows 的快速图像观看器及多媒体管理软件。它广泛应用于图片的获取、管理、编辑、浏览、优化甚至和他人的分享。使用 ACDSee，可以从数码照相机和扫描仪中高效获取图片，制作幻灯片，欣赏内置音频播放器播放的音乐并进行便捷的查找、组织和预览。有了 ACDSee 可以快速地浏览计算机里的数字图像，然后轻松地开启、组织图像文件。ACDSee支持BMP、GIF、JPG、TGA、TIF 等多种格式，你可以观看几乎所有种类的多媒体格式，包括图像、声音、压缩文件和图片档案。

图 1-79

五、数字图像的应用(图 1-79)

大面积、大视角显示器的出现、网络传输的便捷，以及数字图像输出入装置的普遍推广，目前数字图片和图像已经大量运用于绘图、娱乐或广告等等行业。

数字图像的应用越来越成为现代人生活的一部分。远至火星地表的相片，近至身份证件上的标准像，都可以通过数字技术得到图像，数码照相机在计算机展中处处可见，网页上皆是数字化的成果，甚至很多刊物杂志都是通过数字图像的流程进行制作。扫描仪、视讯器和数码照相机搭配各式图像编辑软件已成为多媒体的主流。可以预见，数字图像在未来有着更为广泛的应用。

思考与练习：

1. 什么是数字图像？
2. 点阵图和矢量图有什么不同？
3. 什么是色彩管理系统？
4. 数字图像的输入方式有哪些？输出方式又有哪些？
5. 图像处理的专业软件有哪些？你最常用的是哪种？

第二单元　影像的创造元素

[教学目的] 通过本单元的学习，掌握创作摄影作品的各种塑造元素，并通过有意识、有目的的训练，能够熟练综合运用各种手法进行创作。

[教学重点及难点] 重点是运用掌握的摄影技术进行影像的创造；难点是培养用图像来表现创作者主观情感的能力。

第一讲　认识形式语言

一、画面构成的基本要素

点、线、面是画面形式和形象构成的基本要素，任何形的组织都离不开点、线、面的运用。点、线、面自身虽然是平面的、简单的几何形，但却可以有形状、大小、长短、曲直、肌理、颜色等不同变化，各元素之间的关系则有位置、方向、重心、空间、透视等表现形式，通过有机组合，能产生出千变万化的画面构成形式。因而摄影师要想拍出符合基本审美原则的图片，就面临着如何处理好点、线、面关系的问题。(图2-1、图2-2)

1. 点的含义

在几何学上点只表示位置，在造型上点除了表示位置外，还有大小、形状、面积、方向等特征。点的大小变化能产生空间的感觉，点的规律排列能产生方向的感觉，点的连续会产生线的感觉，点的综合会产生面的感觉，点还可以自由聚散，产生有虚有实的效果。点在构成中具有集中和吸引视线的功能。在生活中，任何形态的变化都可以构成点，夜空中闪烁的繁星，天空飞过的群鸟，街道两旁排列的路灯等，都构成了自然界中的点。如图2-3，一根根立柱与窗的格栅状构成了从密到疏有较强节奏的点排列、点透视，其间还折射有深色的半圆形状的几何块，产生了非常优美的节奏感、韵律感。

2. 线的含义

线在几何学上有位置、方向、长度的特征，在造型上，线还表现有粗细、形状、曲直、深浅等变化。线在点、线、面的表达中，最为活跃、最富于变化、最流畅优美，富有感性色彩。线在中国的图形、图案、绘画表达中也达到了极高的境界，如陶器、漆器中网纹、回纹、水纹、云纹、涡纹等，绘画中总结出“十八描”，都是通过线的变化来表达个

图2-2 楼梯的栏杆，由于拍摄时选取仰视，形成了有透视、有方向的优美线条

图2-1 点、线、面的组合，形式表现的基本法则

图2-3

图2-4 逆光剪影，增强了被摄体的面的形态

图2-5 柳絮在逆光条件下呈现出剪影效果，仿佛被梳理过一样，呈现着典型的面与线的结合

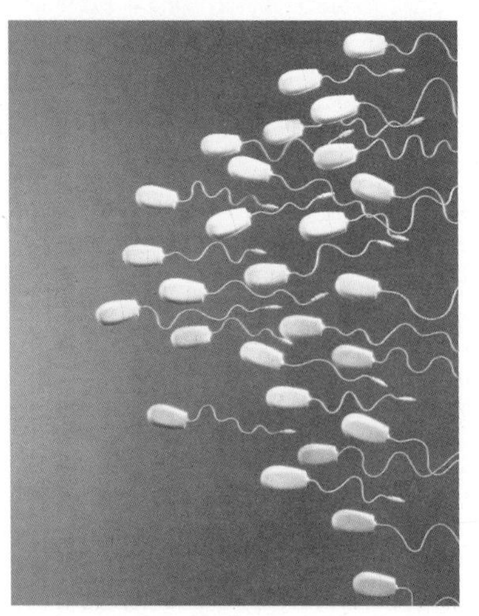

图2-6 鼠标排列产生的节奏和韵律

性。线的表现形式有多种，能产生各种美感，如直线给人有力、单纯、光明、敦重的感觉（图2-4、图2-5），水平线给人安详、平稳之感，垂直线给人雄伟、高大、向上之感，几何曲线给人机械的美感，自由曲线富有个性，活泼潇洒，有节奏和韵律的美感，涡线有速度感、向心感、辐射线的扩散感等。线在摄影作品中，能起到装饰美的效果，有非常优美的运动感、节奏感。（图2-6、图2-7）

3. 面的含义

几何学中，面是线移动的轨迹，具有位置、形状、大小、方向等特征。面在点、线、面的表达中有宽大、厚重、整体的功能。当画面点、线表现较多时，易显破碎，眼花潦乱，就需要面来衬托调整，使画面上的点、线、面的关系变得和谐有层次，统一中有变化，变化中有统一。如图2-8拍摄的楼梯结构，为防止画面显得零碎，选取的角度里用两个块面（画幅的左下方、右上方）压住，使整个画面既有分量感，又有层次感，同时楼梯线条的排列美也显现了出来。

点、线、面三种元素在构成画面时，可只运用一种表现，亦可两种、三种同时运用，各自有独立的意义。三者一旦组合在一起，形成新的形态和内容，其力量就会更加博大、无限。如图2-9，这是一幅点、线、面综合表现的作品。这里既有点的反映，起点缀、活跃画面的作用，又有放射性的线排列，还有块面的表现，衬托了图片的整体感。点、线、面的综合运用，使画面有较强的装饰感、层次感、平面构成效果和空间透视感。

二、形式表现的基本法则

视觉艺术的表现通常要求作品能够体现形式组织的基本法则，图形形式表现法则的使用具有一定的规律性，如若概括成一句话，也就是多样的统一，或称变化与统一的协调，这是一条总的规律。它是对立统一辩证法原理在创作设计上的运用。其次还有均齐与平衡、对比与调和、节奏与韵律、条理与反复、比例等。

1. 统一与变化

统一与变化是构成形式美的主要规律，但必须掌握得当、适度，方能产生美感。变化的因素越多则动感越强，以它为主调可产生动的效果；统一的因素越多则静感越强，以它为主调可产生文静的效果。但若“变化”过分，画面易杂乱无章，“统一”过分，又容易死板单调。如果画面平均对待，结果到处都感觉微弱。所以应该在统一中求变化，变化中注意统一。经纬交织，构成富有节奏的画面。（图2-10）

2. 均齐与平衡

均齐是在假定的中轴线两侧或上下同形同量，呈完全相等的状态。如我国古典建筑中的宫殿、庙宇、祠堂等，它们的特点倾向于统一，较之平衡容易产生雄伟、庄严、静止的感觉。但如果处理得绝对对称又会呆板、毫无生气，如果对称中采取相对对称，就能使画面产生灵动的变化。平衡，为异形同量，呈等量不等形状态，如我国古典建筑中的园林设计，它的特点倾向于变化，较之均齐式容易产生活泼、生动的感觉。但如果只注意平衡的活泼，易散乱无序，如果平衡中适当注意主次相对平衡，就能有整体的节奏排列，产生活泼美。（图2-11）

3. 对比与调和

对比与调和是平面设计的一个重要条件，对比是变化的一种形式，调和是统一的体现。只注意调和会感到枯燥、沉闷，过于强调对比又易于产生混乱、刺激的感觉。如果以

对比为主，那么对比中要有调和的因素，才能在变化中求得统一；以调和为主时，调和中要有对比的因素，才能在统一中求得变化。

4. 节奏与韵律

平面构成中的渐大渐小、渐长渐短、渐增渐减、渐浓渐淡、渐聚渐散等，都是节奏和韵律变化的表现。注意到各种渐变的运用，画面就能产生如同音乐一样的节奏感、韵律感。(图2-12)

除上述列举外，还有条理与反复、比例等法则。其实，细细分析，每一条法则的内涵，确实可以用一句话来概括，即统一中有变化，变化中有统一。

综上所述，形式美法则是摄影的重要表现语言之一，灵活地运用好该法则，对提高图片的表现力是重要的，但是，美学的法则还包括一个更重要的理念：法无定法，墨守成规的话则不如无法了。

思考与练习：

1. 什么是图形？什么是图形语言？
2. 点、线、面在摄影图片表现中有什么作用？
3. 形式美的规律有哪些？
4. 根据相关内容拍摄10幅表现点、线、面关系的作品。

图2-7 线与面的选择，不但使画面节奏有序，更产生了奇妙的透视

图2-10 画面通过多个点组合成几个面，形成了一定的节奏感

图2-8

图2-11

图2-9

图2-12 多个线与面构成了韵律，加强了画面的冲击力

第二讲　形的表现

形是物体形态的先决条件，是物质形态的可视体现，是识别物象的最主要依据，是人们对物质最先认知的要素之一。形是最具视觉招揽力的符号，是摄影首选的表现对象。通过摄影的手法来塑造形，也是获得形表现语言的最佳途径。理想的形态，能够生成美的画面。

清晰、完美的形，是画面组织最重要的组成部分。从线形上来看，线形清晰，画面就清楚。形的力量是依靠本身线形的特征来突显的。通过对物象外形的把握是我们辨识物象的最简单和最直接的方法。把握一个物体形的特征就可以辨识一个物体，而不需要其他因素例如色彩、质感的帮助，这就是外形特征的力量。（图2-13）

形的定义除了展现物象的轮廓外，物体之间建立的形态组合也能反映表现者主观的审美意愿。各种表现在二维平面上的图案或图形是表现物象形的特征、组成图形形态的重要语言。（图2-14）

在使用摄影语言来表现景物特征时，如何把握和塑造好景物的外形特征是我们首先要面对的问题。一幅照片如果能够提炼出物象比较典型的外形特征，关注物象轮廓的形态组

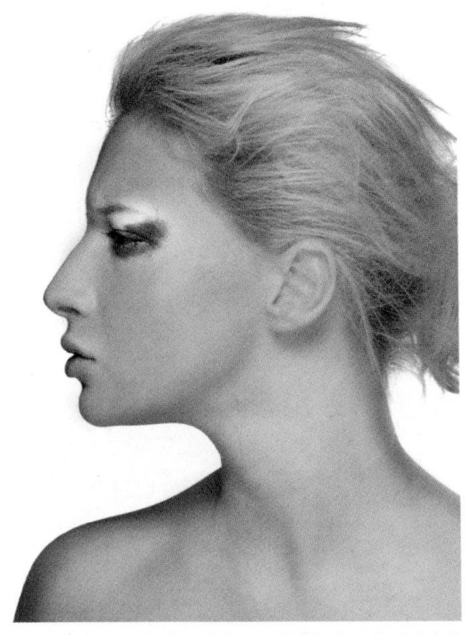
图2-13 侧面人物外形（线形）的特征突显出形的力量

图2-14 单纯的阴影突显出简单的外形

织及表现技巧，就有可能会给观众留下深刻的印象。

摄影语言不仅仅能够忠实地再现被摄体的形象，摄影师还可以根据主观拍摄意图创造性地使用摄影语言来改变三维世界物象在二维平面上的影像效果。通过使用特殊的摄影器材和摄影技术，我们甚至可以在一定程度上改变物体形的一般特征，创造出与人眼观看到的效果迥然不同的影像，这些都是摄影语言独特的表现能力。

根据不同的创作意图有目的地选取不同组织方法来表现物体形态，是我们学习摄影语言的重要目标。如何使用摄影语言来突出表现物象的形的特征？其他物体的线条也许很可能成为被表现主体的一部分；背景也可能和被摄体十分接近，难以分割，因此关注物体轮廓的形态组织，将拍摄主体从纷繁的背景中分离出来，是突出主体形象的基本途径。只有把主体从背景中分离出来，主体的外形特征才能很明晰地表现出来，从而达到表现主体的目的。如果被摄的主体形象和外部环境难以区分，观者就很难从混乱的场景中分辨出哪个才是被反映的重点。在观者脑海里无法留下明确的印象，也就失去了表现主体的意义。

表现物体形态特征的主要方法有以下几种：

第一，要强调物体轮廓强弱的节奏变化，以符合人对实物的视觉经验（图2-15）。这一点是很容易理解并非常容易获得的。

图 2-15　外轮廓的简洁与内轮廓的复杂形成物体有节奏的形的变化

图2-16 明亮的主体由深色的背景映衬出它的外形

思考与练习：

1. 形是表现事物的最基本的因素，在自然界中仔细观察，找出尽可能多的具有不同形状的物体，试举例分析这些物体的形是怎样表现出来的。

2. 拍摄一组不同光线下的物体，观察光线怎样塑造物体形的特征，思考各种不同光线下物体形的特征都有哪些变化？

第二，要强调背景与物体的明暗对比，以符合人对物体环境的视觉经验。一幅完整的画面是由主体与相应的环境共同存在的，要合理搭配选择被摄物体与背景之间的关系，获得视觉上的统一，得到较和谐的形态关系以及视觉上的平衡。(图2-16)

第三，柔和的、平面的光线比较适合景物形态的表现，所谓"眉清目秀"就是指眉眼轮廓清晰；强调形态的表现，更多的是依赖景物的轮廓呈现。(图2-17)

同样，光线效果也体现出物象的明暗层次变化，即产生了摄影术语中的"影调"。利用影调的层阶变化可以生动地刻画事物的外形。如图2-18，将暗的主体放在亮的背景上；图2-19中，亮的主体放在暗的背景上；或者将亮或暗的主体陪衬在中性灰色的背景上。如果被摄主体和背景都亮，则可使主体和背景之间出现较暗的轮廓线；主体和背景都暗则使用亮的轮廓光带将主体和背景分离(图2-20)。在传统的图片中，通常认为高调的摄影作品能更好地反映物体形的特征(图2-21、图2-22)。

现实中最明显的通过影调表现景物外形的例子就是剪影照片的拍摄。剪影照片就是在逆光情况下通过曝光控制，在拍摄的过程中按照背景的亮度来曝光，这样主体的轮廓就会得到醒目的表现。这种使用逆光效果的方法在风光摄影和人像摄影中被广泛运用，因为这种方法对外形轮廓有出色的表现力并简化环境，产生独特的艺术效果(图2-23)。在人像摄影中使用边缘光或者发型光也是通过分离主体和背景来表现人物外形特征的一种常用的方法。发型光可以明显将人物主体从背景中分离，增强了对整个人物外形特征的塑造，往往是人像摄影中的点睛之笔。

图2-17 平光的运用表现出人物的眉清目秀

图2-18

图2-19

图 2-20

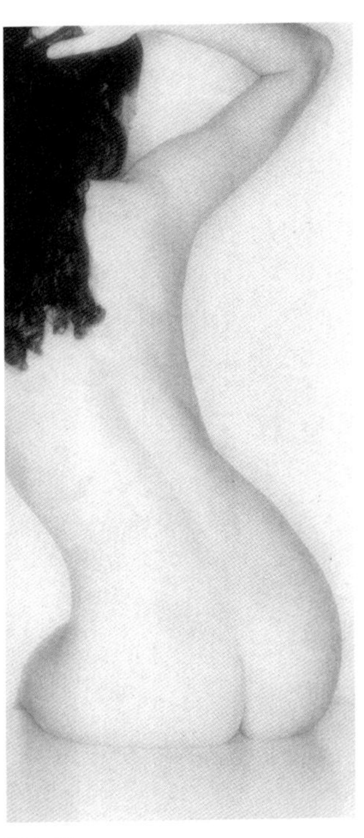

图 2-21

图 2-22

图 2-23 逆光、剪影，景物外形轮廓一目了然

图 2-24

图 2-25

图 2-26

第三讲　体积的力量

体积，即物体所占空间的大小，通过观察物体我们会发现，物体是由许多不同形态的简单几何体组合而成。而“体积感”即指人们对空间物体的感受。物体的体积感的强弱常常因距离的远近、光源的角度、光比的强弱而发生变化。体积和体积感是摄影造型语言中对于“量”的诠释，是重要的形式表现手段。（图 2-24、图 2-25）

在自然界中，各种物体以大小、厚薄、长短、曲直，规则或不规则的组合，呈现出量的视觉感受。在照片这样的二维平面上去表现立体的三度空间，创造影像的体积感和空间感，其获得影像的量感完全是基于体积的表现。由于任何物体的形态都是自身的结构决定的，由不同方向、角度的块面组成，因此，把握被拍摄物体的结构特征，分析其体面关系，选择适合的表现语言，是表达体积感的必要步骤。（图 2-26）

在摄影实践中，如何使被摄物体在视觉上获得体积感呢？

基于我们的视觉经验，能从二维平面上获得一个立体感受的重要元素，是由光照角度而产生的明暗。有一个例子，一条在白天还算平坦的路，晚上被汽车的大灯照射之后，显得极其高低不平，产生了较强的三维空间感。因此，平光适合表现物体的轮廓，侧光更适合强调体积，它使一个平面产生出空间的含义。这也就是我们谈到的体积感。

尝试这样一个练习：拍两张立方体的照片，在照明上使三个可视面得到不同的亮度，采用光比 1：2：4 ；另一张则可以使三个面都得到相同的亮度。两张照片在视觉上的显著差别表明，光线在照片的表现形式中起着重要的作用。如图 2-27，通过强调物体表面

图 2-27

的明暗对比，获得体积感受。

摄影实践中，对于拍摄人物肖像，利用顺光照明会使整张脸受光比较平均(图2-28)，而换用侧光照射，人物面部的起伏就会丰富得多，显得体积感较强 (图 2-29)。

摄影师应当学会对任何物体 (无论是人物肖像还是商业产品) 运用光线进行体积感的塑造，使构成形象的重要的面都明显地表现出来。运用获得的体积感及物体的量感，有效地强化表现主题的语言。(图 2-30、图 2-31)

思考与练习:

1. 什么是体积？构成体积的基本元素是什么？
3. 在摄影时如何表现物体的体积感？
4. 谈谈你对量感的理解？
5. 如何运用量感强化表现语言？
6. 根据本讲相关内容拍摄 4 幅作业。

图 2-28 顺光照明，体积感弱

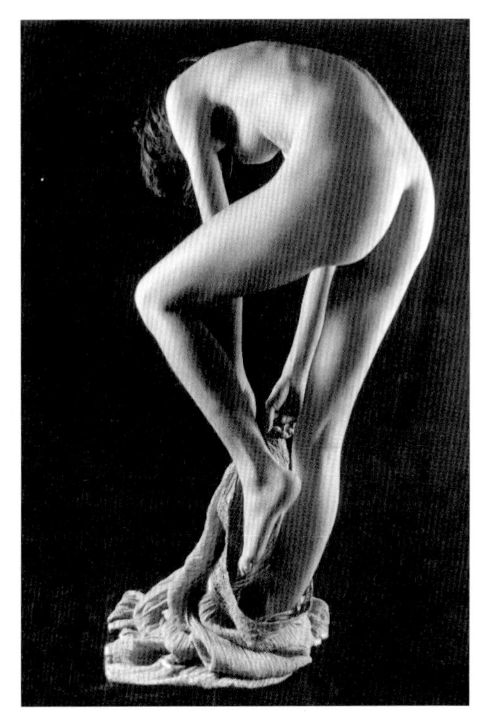

图 2-30

图 2-29 侧光照明，体积感强

图 2-31

第四讲 质感的表现

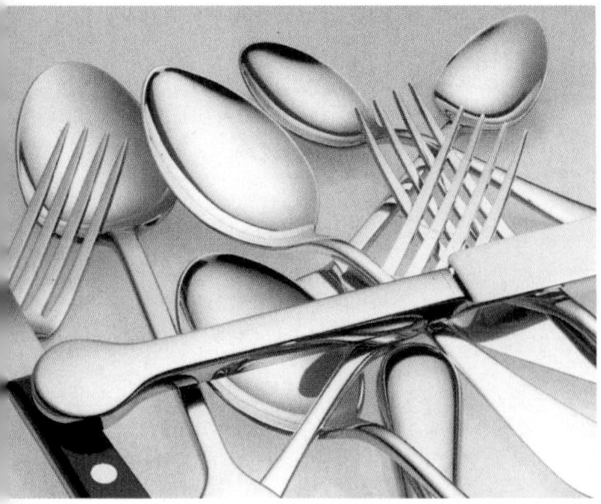

图 2-32 不同质感的物体给人们不同的心理感受

质感又被称为“质地”或“肌理”，是指各种物体表面的纹理、构造组织的不同属性，以及它通过人们的视觉、味觉、嗅觉、听觉、触觉等感受器官所产生的经验性感受。当我们闭上眼睛抚摸几种熟悉的物体时，很快会鉴别出它们是纸板、木板、布等不同的质地，这完全凭的是触觉上对这些物体质感的经验（图2-32）。在视觉领域则被解释为依靠人们的视觉经验而产生的心理感觉。

质感被广泛地运用于造型艺术领域中，它是艺术家对不同物体运用不同手法所表现出的真实感的重要符号。同时，视觉经验亦可能赋予它审美的特性：粗纺呢绒有和谐朴实的美，合金金属的科技感体现着速度的美，玻璃及半透明材质的绮丽变化表现出梦幻的美，白色陶瓷的洁净之美，天然木材具有温馨的美，这些都是不同质感物体给人们的感受。对摄影者来说，通过认识周围事物的质感，利用光线、运用摄影造型手段和技术条件，抓住物体各自的质地特点，把握其最鲜明、最有代表性的形象特征，最充分表现物体表面的质地特征，突出那些有助于产生趣味的因素，作品才可能生动、鲜活。（图2-33、图2-34）

不同的物体质感，会给人带来不同的心理感受。一般情况下，按照不同的质感，物体可分为高反光物体、低反光物体、中度反光物体、毛发和发光体五类。高反光的物体一般表面光滑、质地细密，对光线的反射最为直接和强烈，如镜子、金属，同时也包含一些透

图 2-33 质感强烈的图片能给我们带来强烈的视觉感受力

图 2-34 生活中有很多被我们忽视掉的细节，他们往往也有非凡的表现力

明的材质，如玻璃、水，这些物体会给人一种轻快、活泼、冰冷的感觉（图2-35）；低反光物体的特点是质地较粗，光在表面产生漫反射，形成均匀柔和的光线，如纸张、泥土、布料，它们会给人质朴、含蓄、柔和的感觉（图2-36）；中度反光物体表面比较光滑，反光程度介于高反光和低反光之间，如塑料和油漆过的木材，它们则带来厚重、稳重的感受；单一的毛发其实都是细小柔软的圆椎体，但在艺术表现中往往要着重整体效果的刻画，这一类物体给人以柔和、温馨、生动之美；发光体是指本身能产生光的特殊物体，如太阳、灯泡、火焰等，它们给人温暖、热烈的感觉。（图2-37）

质感在表现物体中具有以下的作用：

质感可以强调物体的距离。比如不同质地的物体，其特征都被清晰描绘出来后，它们之间的空间感就因其特征而被强化。

质感可以丰富物体的特征。不同的物体质感会呈现物体形态不同的特征，因此我们在艺术创作中常利用质感这一作用表现物体的特征。通常将两种不同质感物体放在一起进行比较以突出各自的质感，比如将一个光滑、圆润的鸡蛋放在粗糙的麻袋布前进行对比。（图2-38）

质感也可以帮助人们识别物体的作用与用途。比如一些工具或电器的操作部位或开关部位会相对不那么光滑，那是在提示人们该部位是可以用手接触的。

质感还能增强物体的造型与特征，它为现实主义的表现起到了很好的作用，也是使用

图2-35 在透明材质的造型塑造中，光线起到了重要的作用

图2-36 毛绒玩具有较强的质感表现力，毛绒质地给人轻松、活泼的感受

图2-38 木质的柔和与沙砾的细腻，在侧逆光条件下显得特别突出

图2-37 不同年龄的人，皮肤的质感也不一样，合理的光线运用，可以加强或减弱皮肤的质感，获得理想效果

图 2-39 质感可以丰富物体的体态特征，如图所示，衣物的质感和被摄物体的神态相得益彰

于许多摄影领域中的一种判别特征。摄影史上许多著名的摄影家，如爱德华·韦斯顿、沃克·埃文斯都曾经以表现物体质感为摄影的主要表现手法。他们充分关注事物的质感，追求最清晰、最细腻的影纹效果，通过集中精神观察事物的表面质感与形态来触及物质生命的核心。这种对于质感表现的追求使摄影进一步远离绘画，进而找到自身的特质，产生了革命性的影响。（图 2-39、图 2-40）

光线在表现物体质感方面起着极其重要的作用，光的特性与方向能改变质感的外观，粗糙的材质依靠强烈的斜射光可以增强物体的质感，顺光则可能获得相反的结果。不同的光线可以表现不同物体的质感，柔和的光线可以表现皮肤柔软细嫩的质感；斜射的光线有利于表现地面或海面的质感等等。（图 2-41）

对于表现表面光滑的物体，如柔软的绸缎、平滑的漆器玉器、金属制品、皮革等，这一类物体对投射光线呈混合反射的特点，它们既有向各个方向的反射，也有成一定方向的单向发射，在它们表面会形成一定的高光或闪光部分，因此在拍摄这类物体时，应选择平光照明或柔和的正侧光照明，提高被摄体的整体亮度水平，减少被摄体本身在亮度分配上的差别。

拍摄粗糙表面的物体，如粒状的沙土墙、麻袋、树皮、麻布、皮毛等，它们的反光率

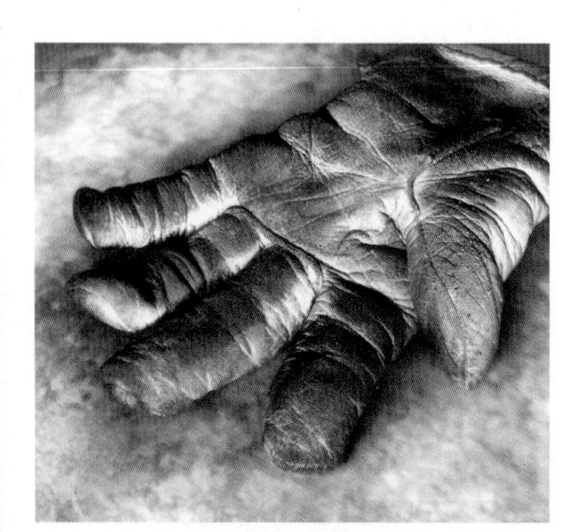
图 2-40 作为一项重要的影像表现语言，质感往往能给画面带来新意

图 2-41 不同的地质地貌有不同的视觉感受，顺光条件下，这种特征更为明显

不高，其表面亮度分布比较均匀。如果仍采用直射光或散射光式照明，画面上的被摄体就会显得平板，缺少粗糙物体表面凹凸起伏变化的质感，而选用直射光与侧逆光照明，就会有凹凸形态的明暗变化，产生立体感和质感。（图 2-42）

拍摄玻璃制品一类对投射光呈镜面反射的物体，在它们的反射角度上能直接看到投射光源，现成一块耀眼的光斑，造成很大的反差，甚至这种明暗差距会超出底片的宽容度范围。因此，应选择柔和的逆光或者散射光照明，以提高普遍亮度，减弱高光的耀斑，缩小被摄物体上的亮暗差别。背景的亮度要以能突出主体为宜，还要让未被直接照明的镜面由周围的反光照明，便可以获得质感很强的造型效果。

摄影造型中质感表现的好坏，直接影响到摄影作品的感染力。无论粗糙表面结构的物体、光滑表面结构的物体、透明的物体还是镜面的物体的质感表现除了光线处理外，背景运用也很重要，背景在影调、色调方面与主体的对比，背景中的物象的表面质感与主体质感的对比，对主体质感的表现也很重要。此外，掌握准确的曝光等技术条件，以及选用最佳镜头的最佳成像光圈、最佳成像焦距等也是保证真实还原物体质感的重要方面。（图2-43）

思考与练习：

1. 什么是质感？
2. 质感在表现物体中的作用是什么？
3. 质感的表现手法有哪些？
4. 粗糙表面的物体，如何用摄影表现其质感？
5. 如何用摄影来表现玻璃制品的质感？
6. 选择不同质感的物品拍摄10幅作业。

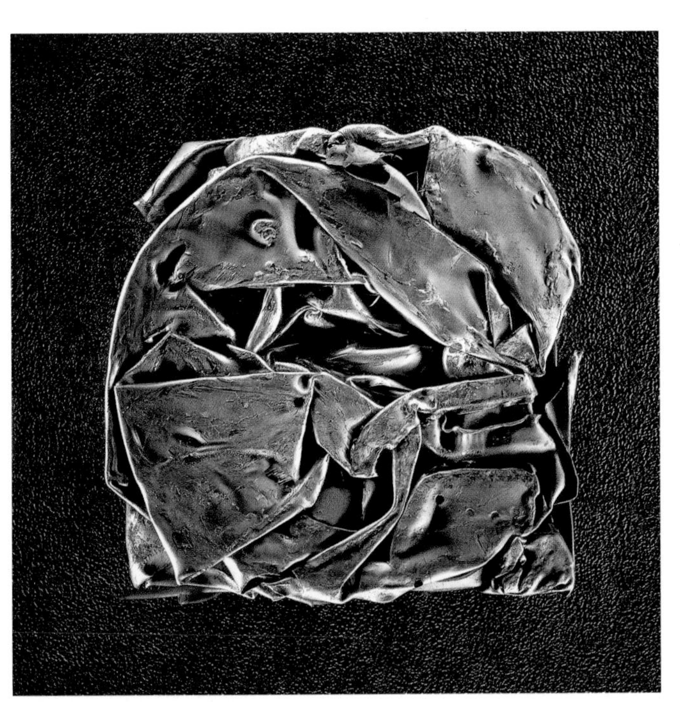

图 2-42　高反光的金属材质给人硬朗的感觉

图 2-43　大光圈、小景深的运用，突出了画面中易拉罐前部分的质感

第五讲　色彩语言

对摄影艺术来说，色彩就如同线条、影调、形状一样，是一种重要的表现形式。这种形式所呈现出来的美，就是一种形式美。色彩已经成为摄影家们表达思想感情的重要艺术语言。

色彩有三个基本属性——色相、明度、纯度，它们是构成色彩的最基本要素。色相即色彩的相貌。我们常将光谱色调分成三个部分：红、橙、黄色等长波段为暖色调；青、蓝、紫色等短波段为冷色调；绿色光中波段为中间色调。明度即色的明暗程度。同色相的颜色，由于明暗程度不同，就有了深浅的区别。这样的区别，被称为明度差。在同一种颜色里愈接近白的色，明度越高；愈接近黑的色，明度越低。色彩纯度常常指色彩鲜艳的程度，表示着颜色对光透射与反射的选择程度。人们常常把纯度高的颜色称为清色，纯度低的颜色称为浊色。

如图2-44，作品以色彩鲜艳、华丽取胜。整个画面色彩丰富，画面还原逼真，给人以热情、奔放的感觉。

图2-44 色彩丰富，还原逼真

如图2-45，一个经验丰富的摄影家往往能发现景物中特有的色彩，并把那些色彩的美发掘出来，加以表现。

恰当地安排色彩的均衡，借助色彩形成画面的视觉顺序、主次虚实，依照一定的关系原则才能创造一个目的明确的整体。在色彩作品中，摄影师总是利用背景色和图形色的对比来形成明晰的效果。背景色和图形色在对比中形成交替变化，展示出不同效果的视觉感受。画面色彩的均衡是作品色彩构成美的基本要素。在处理画面色彩布局时，为了得到色彩均衡效果，要考虑不同色的对比与空白画面的分布状况。在安排画面布局时，摄影者要根据具体的拍摄目的，运用色彩手段强调构图中的主要部分，从含义和形式上确定各个部分的依存关系，使画面成为一个完美的整体。在一幅作品画面范围内，细节充实富于表现

图 2-45

力的部分应当是色彩效果上最突出的区域。画面的色彩布局，应有清晰的对比区域，使整个画面色彩和谐配置，这样才能取得完整的视觉效果（图2-46、图2-47）。

图2-46 画面色彩关系简单，紫色的沙发色彩与画面的立体背景形成了良好的视觉关系。通过色彩的对比，拉开了两者的距离

图2-47 鲜艳的颜色、视觉的对比，打破了人们心理上的平静，引起情绪上的波动

一般来说，物体表面色彩的形成取决于三个方面：光源的照射（光源色）、物体本身反射一定的色光（固有色）、环境与空间对物体色彩的影响（环境色）。不同光源照射下的物体的色彩效果也不一样，物体受光部的色彩通常是光源色和固有色的间色。固有色即一个物体在通常情况下给你的色彩印象。环境色即影响物体的周围环境的色彩。

摄影表现的是人类生活的一种状态美，在摄影作品的形成过程中，最能够创造艺术氛围、感受人们心灵的因素就是色彩。色彩是摄影最响亮的视觉语言之一，它常常以不同形式的组合配置影响着人们的情感，同时色彩是创造整体摄影艺术氛围和审美感受的特殊语言，也是充分体现摄影师个性的重要手段。因此，色彩是表达情感的一门艺术，可以说色彩是整个摄影作品的灵魂。（图2-48～图2-52）

图 2-48 色彩丰富，安排有序

图 2-49 画面色调统一、和谐

拍摄时，色彩的构成十分重要，即对平衡、分隔、节奏、强调、协调等方法的使用。平衡指重色和轻色、明色和暗色、强色和弱色、膨胀色和收缩色等都是相对立的色彩，配色时应改变其面积和形状以保持平衡。配备颜色时要考虑到屏幕上、下、左、右以及两个对角关系上的均衡，不要把很强或很弱的颜色孤立在一边。主画面颜色的面积大小和变化是均衡的关键，分割配色时，在交界处嵌入别的颜色，从而使原配色分离，可以补救色彩间因类似而过分弱或因对比而过分强的缺陷。节奏是通过色调、明度、纯度的某种变动和反复，以及色彩的协调、对照和照应而产生的，以此来表现出色彩的运动感和空间感。节奏取决于形态配置的和谐。为了效果更好，可使色调变化作渐变的效果。强调是通过面积

图2-50 作者利用柔和的光线，进行了准确的曝光，充分表现了植物的绿色，构图上作者使绿色在画面中的面积尽量的大，才出现了现在的效果

图2-51 画面中的色块效果都是在制作中产生并完成的，它的原型在拍摄时就基本完成了，而在后期制作中又使它臻于完善

较小的鲜明色改善整体单调的效果，强调是使颜色之间紧密联系并且平衡的关键，应贯穿于整体。比如，在大面积的暖色中加一小块较冷的色彩，或在一大块亮颜色上放一小块暗的色彩，也可反之，这样可以打破画面的呆板。协调就是以某颜色为主调，调和色彩，使各色之间统一联系、互相呼应和感觉协调，以此来表现统一的感觉。协调决定了一幅作品的成败，主要指冷暖色和明暗调的统一，整体被哪种色调所支配。掌握色彩构成的方式之后，关键就是如何灵活运用到摄影作品的画面当中。一幅成功的摄影作品，一定也是一幅色彩构成完美、主题表达突出的作品。

色彩是产生美的基本元素，它的表现语言不是孤立存在的，谈论色彩必定会论及色彩

图 2-52 不同的色彩带给人不同的心理感受

思考与练习：

1. 什么是色彩？

2. 为什么说色彩是摄影家表达思想感情的重要艺术语言？

3. 色彩的基本属性是什么？

4. 物体表面色彩的形成取决于什么？

5. 根据具体的拍摄目的，使用色彩表现语言拍摄10幅作业。

关系，因为色彩只有建立了“关系”之后，才具有性格特征，才符合审美原则（图2-53）。

同样，每个色彩都有不同的特性，都有独特的色彩感情与个性表现。摄影作品的情感表达正是将不同的色彩进行组合搭配，表现热情奔放、温馨浪漫、活泼俏丽、高贵典雅、稳重成熟，冷漠刚毅等变化迥异的风姿风韵。如红色代表着热情、冲动，是最强有力的颜色；橙色较温和，是一种很活泼、辉煌的色彩；蓝色象征永恒、博大、遥远，是最具凉爽、清新、专业的色彩等等。和谐的色彩抒发浪漫的情调，对比的色彩则创造出活泼的气氛。摄影用色彩做手段去传达和表现作者准备赋予作品的各种感情，并能在一定的情况下起到积极的作用。色彩的情绪作用与象征意义，是色彩使用中的客观现象。正是因为色彩的这一品质，它才能在作品中发挥其特有的魅力。

绘画大师齐白石有一句名言：“作画妙在似与不似之间，太似则媚俗，不似则欺人。”这句话同样可以用在色彩表现方面，摄影师应该努力使作品的色彩效果比生活原型更加美好，创造出精彩的色彩效果应该是摄影师崇高的奋斗目标。

图2-53 画面色彩安排均衡、布局合理，形成了和谐的视觉关系

第二单元　影像的创造元素

第六讲　缺失色彩

在这样一个充斥着色彩的世界里，黑白摄影的抽象性和单色调照片的独特性，以其特有的表现方式显示出持久的生命力，黑、白、灰在简单中蕴含丰富的想象元素和“时间”的特征，受到众多摄影师青睐。

一、黑白摄影

毫无疑问，彩色图片是今天摄影表现的主要语言，黑白摄影的空间现在已经被压缩得所剩无几，你基本无法找到黑白胶片的制作店。但是，无论从掌握摄影语言的多样性，还是因色彩泛滥而产生的视觉疲劳，或者基于怀旧的风格考虑，黑白摄影应该是摄影表现语言的重要科目之一。

相对于彩色摄影，黑白摄影更具有象征性、更朴素并且更加富有想象的空间，它是时尚元素的反动，可这正是黑白摄影的最大魅力之所在。它与真实世界之间的距离，无意中给阅读者留出了极为丰富的再次创造的空间。虽然作品中没有了色彩，但是，人们头脑中的色彩联想会更加丰富。

谈黑白摄影就不得不说安塞尔·亚当斯，是他发展和完善了一套十分科学的、精密的控制影调的制作技法——区域曝光，为在摄影创作实践中将摄影技术和艺术完美地结合起来提供了科学可行的范本。亚当斯还结合了施蒂格列茨的“等价”、韦斯顿的“前视”的观念，提出了“预先想象”的观点，也就是说在正式拍摄之前，先在自己的脑海中对所要拍摄的物体有意识地形成一个最后要得到的影像，这就要求在创作的时候，不但要接触被摄体本身，更重要的是要进一步洞察被摄体所能表现的潜在影像。（图2-54、图2-55）

图 2-54

图 2-55

与彩色摄影中色别、明度、纯度、色温等基本要素一样，作为感觉主义宠儿的黑白摄影在否定了具有表面真实性的色彩之后，依旧具有它的基本属性。

1．明暗对比

在照片的画面中亮影调和暗影调的相互作用构成了画面的明暗对比。这种相互作用的结果或是平衡的或是不平衡的；或是紧张的或是松弛的；或是富有戏剧性的或是具有神秘感的。许多懂得胶片和相纸在曝光和冲洗时将发生怎样变化的摄影师在取景时，就会考虑到明暗对比的问题，下意识地调整它们之间的比例，以获得预期效果。如果我们事先考虑到了场景将以怎样的黑白灰色调出现，那么这样有助于构图紧凑，增强照片的感染力。大块阴影区和同样大小的明亮区可以相对产生一种稳固或迟钝的感觉（图2-56），而零碎的阴影区和明亮区相间则会产生一种失重的韵味以及蕴涵在各种性质中的动态的柔和（图2-57）。高反差的照片可以对明暗简洁的安排以增加力度，影调变化平衡而复杂的图像适

图 2-56

图 2-57

图 2-58

宜于对明暗作比较细致的安排。

2. 反差

有反差或无反差是黑白摄影无法回避的一个问题。彩色摄影几乎没有什么控制反差的措施，而在黑白摄影中，由于黑白感光材料的宽容度很大，因此，要大大加强对反差的控制。照片的反差对照片的情感效果有重大影响，高反差、低反差以及介于其间的各种适度反差，可帮助摄影者唤起观赏者的某种情感，或激发他们的某种热情。在决定怎样记录一个画面时，摄影者必须考虑反差对其作品的影响。高反差照片会引起活跃、强烈和期待的情感，能将观赏者的注意力引向画面的关键部分（图2-58）。低反差的照片往往以光谱的另一端来表达情感，通过在基本平等的基础上表现画面的信息，产生宁静忧郁的气氛（图2-59）。适度的反差使读者在心理上达到一种平衡是我们需要追求的目标（图2-60）。

3. 基调

基调是指在摄影画面中占有主导地位的影调。影像基调的主要功能是烘托和表现主题，表达一定的气氛并力求构成一定的意境。在黑白摄影作品中的基调分为高调、中间调和低调三种。高调是指以中灰到白的影调为主调构成的影像（图2-61）。在高调画面中，亮影调占主导地位，趋于传播一种轻快的气氛，给观者一种明快纯洁和清秀的视觉感受。中间调是照片中最常见的影调结构，画面由黑至白构成层次丰富的影调形式。中间调照片能充分表现被摄体的立体感、质感和丰富的空间层次感，给观者以和谐大方细腻浑厚的感觉（见图2-60）。低调是指由灰深和黑色为主组成的影调。在低调画面中暗影调占主导地位，趋于表现刻板忧郁的情调，常常给读者一种深沉庄严凝重的视觉感受（图2-62）。

图 2-59

黑白摄影的美是同它的技术分不开的。通过对胶片、曝光、显影剂和显影方式的选择，能够预先确定照片的影调，恰当地扩大或压缩照片的层次，影响照片的最终结果。这种控制提供了两个创造性的机会。一个是体现个人风格的技术，它是一种处理照片外观的独特方式，使人一看就知道这是谁的作品（例如我们之前看到的亚当斯作品）。另一个就是用特殊的方法去美化画面的能力，例如突出一定的部位，让它亮些或暗些，改变它的反

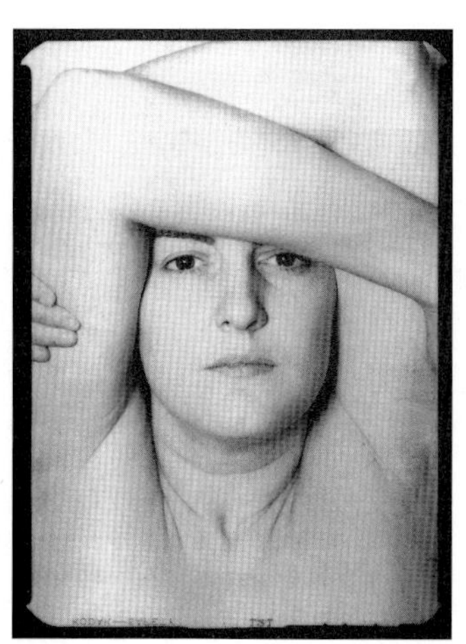
图 2-61

图 2-60

图 2-62

差，以抓住观众的注意力。如图2-63，通过加暗照片四角，使画面中心三个身穿奇装异服的人物更加突出。

另外，从照片的后期处理加工的角度来考量，黑白摄影更具有让摄影家发挥想象力的余地和空间。相信体验过暗房制作的人，也许更能理解到黑白摄影“手工制作”的乐趣和魅力。在安全灯暗红的弱光之下，作者亲自参与制作的作品，随着相片在显影液中晃动而渐渐显现出来的影像，能让自己享受到耕耘和收获的喜悦。

黑白摄影的深刻表现力，以及掌握在摄影家手中的微妙的控制力，使它成为无与伦比的、令人陶醉的摄影手段。

二、单色调照片

单色调照片不等于黑白作品，因为它不像黑白摄影那么简约；同样，它也不等于彩色作品，因为它也不具备彩色摄影那样的绚丽。介于两者之间的它，从摄影师的感受出发，利用直观的描述和独特的调整方式营造出一种特定的影调。单色调，不是我们“退而求其次”的妥协，而是在画面表现形式上的进一步尝试和摸索，它是作为一种因自身具有独到之处的表现手段而存在的。(图2-64)

那些褪色泛黄、划痕遍布的老照片使人产生一种怀旧的情绪(图2-65)，红外线摄影作品呈现出一种异样的色调效果(图2-66)，那些经过技术处理的单色调照片产生了与原图不同的视觉体验和心理感受。

单色调照片的创作方式，除了利用各种灯光和滤色镜外，也可通过后期制作来完成或者加强效果。以往比较常见的单色调照片效果有棕色调、蓝色调等，它们都是在传统暗房中通过配置不同特性的药水和采用不同影调的相纸来完成的。现在，随着计算机硬件的升级和各种制图软件的开发，我们完全可以在“数字暗房”中完成一张单色调照片的制作。例如，在photoshop中打开一张照片，首先使用“图像/调整/色彩平衡”命令，先选择中间调，然后分别增加红色和黄色数值，再选择暗部，增加红色和黄色数值。画面呈现棕色后，在参数调整过程中你可以随时观看画面效果；接着使用“图像/调整/变化”命令，非常直观的色调变换窗口，你可以看到各种单色调下的画面效果，在图像上点选色彩后，我们就能看到变化的棕色图像；再使用“图像/调整/色相/饱和度”命令，选择“着色”选项后，画面就是单色调了，通过调整色相和饱和度参数的不同组合，就可以得到各种单色调的画面效果。需要指出的是单色调软件的设计目的是直观好用，但并不一定能出好结果，一切还需要我们的把握。这一点与黑白摄影非常相似，控制因素在整个过程中显得非常重要，最终达到怎样的影调效果需要我们自己做到心中有数。

图2-63

图2-65

图2-66

图2-64

思考与练习：

1. 黑白摄影的基本属性是什么？单色调照片的魅力在哪里？

2. 拍摄符合本讲要点的摄影作品10幅。

第七讲　空间语言

图 2-67 几何透视，近大远小

图 2-68 影调透视

图 2-69 通过线性透视来表现空间

摄影是在二维平面上进行三维空间表现的一门语言艺术。在具体的摄影创作过程中，我们主要是通过恰当运用透视原理来表现空间的。

在摄影术中广泛应用的透视原理主要有三种。

一种是几何透视，也就是我们通常所说的近大远小原理——距离拍摄点越近，物象就越大；反之距离拍摄点越远，影像上物象就越小（图 2-67），在现实中延伸到远处的铁路轨道逐渐变窄就是由于线性透视的原因造成的。在摄影创作过程中我们可以利用这种几何透视产生的压缩变形，适当地夸大或者缩小透视效果来达到体现空间感的目的。根据实际拍摄需要选择适合的视点来表现我们的主题。（图 2-68）

通过控制线性透视的效果的强弱和画面纵深度来表现空间（图 2-69），主要受拍摄时所使用的镜头焦距的长短，拍摄位置、方向、距离，以及画面中的物象等因素的影响。摄影师最常使用的标准镜头是仿照人眼的视觉范围设计制造的，所以使用标准镜头拍摄的画面也就与人眼通常视觉的感受的透视效果最为相似，符合人的视觉习惯，这也是标准镜头最受摄影师青睐的原因。法国著名的抓拍摄影大师亨利·卡蒂尔·布勒松就是使用莱卡相机和标准镜头拍摄了大量经典之作。他只使用标准镜头的原因就是看中了标准镜头和人眼视觉相似这一点。布勒松使用标准镜头拍照的故事也成为摄影史上的一段佳话。广角镜头拍摄时取景范围比较广而且景深比较大（图 2-70），适合表现较大空间的物象，可以将很大范围内的景物都包含在同一画面之内，这样画面近大远小，物象之间的对比就比较明显，利于体现空间深度和广度；长焦距镜头由于其焦距长、景深短，拍摄的视角范围比较小，通常会压缩空间感和纵深感，一般利用长焦距的这个特点来压缩空间透视，以突出主体。拍摄时我们采用的拍摄位置、方向、距离也是影响画面空间感表现的重要因素。一般来说，如果采用正面角度拍摄，有利于表现主体的正面形象和表现对称美（图 2-71），如果画面中物象的排列缺乏秩序感，正面拍摄出来的图片就会缺乏透视效果，画面会比较呆板平淡。采取斜侧角度拍摄，水平线条将产生一定的角度倾斜，汇聚的透视关系，利于突出空间感（图 2-72）。因此在建筑摄影中多有意采用侧面位置拍摄。在构图过程中将水平线条的汇聚点安排在画面之中不同的位置，会产生明显不同的透视效果，在实际拍摄过程中我们可以根据不同的构图需要进行调整。另外拍摄的距离也影响效果的表现，拍摄视点离实际所拍摄的物象的距离越近，根据近大远小的原理，透视效果越明显。反之，透视效果不明显，空间感减弱。另外，在拍摄中我们也要注意被摄物体之间的布局关系，要防止被摄体之间互相重叠，适当处理好前景、中景和远景的关系，使前景和背景的景物分布错落有致，这样才能更好地表现深度空间感。（图 2-73）

另一种常见的透视是影调透视。影调透视主要是由空气透视造成的，它与光线和空气中的介质有关。简言之，距离拍摄点近的物体的影调就较明晰；而物体离拍摄点的距离越远，影调则越模糊。在黑白摄影中通过对影调关系的控制来表现主题尤为重要。近景的影调细腻明确，而随着距离推远，在一定景深范围之外的物象就会模糊，这也是符合肉眼观看的感受的。影调透视与天气情况和大气的状况关系很大，在天气晴朗的时候空气透视很明显，表现的空间气氛很强，在阴天或者是有雾的天气，影调透视效果就会减弱，画面的层次感会降低。在实际拍摄中我们要根据拍摄目的选择合适的天气。如果天气情况不是很

图2-70 广角镜头取景范围大，利于体积空间的深度和广度

图 2-71 正面拍摄有利于表现对称美

图 2-72 线性透视

图 2-73 适当处理好前景、中景、远景的关系，来表现深度空间

图 2-74 通过光线来表现空间

理想，我们还可以使用一些特殊的摄影附件来提高改善景物的透视效果。UV镜是目前使用最广泛的摄影滤镜，可能现在每个镜头上都装有UV镜。当拍摄开阔的远景或进行航空摄影的时候，由于有大量肉眼看不到的紫外线，会导致照片上的远景蒙上薄雾而影响远处物象清晰地展现（这种情况在黑白摄影中尤为明显）。在镜头前加UV镜就能减弱这种薄雾，增加影像的清晰度，改善透视效果，从而可以更好地表现空间效果。

谈到运用摄影语言来表现空间，最好的办法莫过于运用光线的塑造能力了。在某种程度上讲，上面提到的通过影调透视来表现空间也属于利用光线来表现空间的范畴之内（图2-74）。我们知道在各种造型元素中光线是最具塑形功能的。当光线照射在物象上时，由于物象本身材质的不同反射率会不同，因此产生不同的明暗效果，表现出不同的立体空间感。光线的位置、方向、面积、强度对物象的空间感的表现都会有不同的效果。如果在摄影棚内拍摄的话，各种光线效果都是可以选择并且控制的，如果在室外拍摄，光线效果无法预期，但我们可以利用已了解到的不同光线的表现力的知识来选择合适的时间，在适当的时间拍摄。时间的选择在拍摄风光和室外建筑的时候是非常重要的。

利用线性透视、影调透视来表现空间的方法在某种程度上是由于客观原因决定的，人为控制的范围很小。但在拍摄过程中还可以通过改变景深来实现对空间的控制。大家都知道，在拍摄的过程中使用不同大小的光圈会改变景深的效果。在使用相同焦距的镜头、焦距一致的情况下，使用较大的光圈景深的范围就会缩小，光圈越小景深范围就会越大。在要表现大场面的时候使用小光圈会增加景深范围而有利于空间感的塑造，而使用大光圈浅景深则不利于空间的表现。美国著名的F64小组就是由于使用小光圈而著称。该小组成员中最著名的摄影师安塞尔·亚当斯使用小光圈拍摄了表现美国的威廉森山（图2-75）。他的很多著名作品就是使用小光圈拍摄的，可以将从最近点到最远点距离的景物都表现得尽可能清晰。在创作中并不是在所有的情况下我们都需要表现宽阔的空间来塑造照片的气氛，相反，有时候还需要通过压缩空间来表现主题，这样的话就需要大光圈来发挥作用了。大光圈可以将背景中的物象虚化，这样在画面中前后物象清晰程度产生反差，透视感减小，画面精炼，强化主体。

色彩在距离拍摄点远近不同时也会有一定变化，这就是所谓的色彩透视。色彩透视与空气透视相关。近处的色彩饱和度比较高，远处的色彩暗淡。色彩本身在表示距离和空间方面也有很奇妙的作用，不同的色彩会给我们不同的距离提示和感受。通常情况下，明快鲜艳的暖色如红色称为前进色，蓝色等冷色被称为后退色。在同样距离范围内，红色会比蓝色显得更为接近拍摄主体；饱和度高的色彩比饱和度低的色彩在感觉上显得离我们更近。在拍摄过程中通过对前景和背景的不同色彩搭配也能够营造视觉感受上不同远近的效果。

以上都是空间中关于定点透视的规律。下面我们谈一谈与焦点透视相对的另一种透视法则——散点透视。散点透视的基本含义是：移动视点，打破一个视域的界限，采取漫视的方法和多视域的组合，将物象自然、有机地组织到一个画面里。这是一种复元性的透视方法，给画面构图带来了更大的自由性，能达到广视博取，纵横经营的目的，自然就会形成一些特殊的构图形式，比如中国传统绘画中的长卷，表现幅度有了更大的延伸性和可塑性。

图 2-75 威廉森山，用小光圈来增加景深，有利于空间表现

我国著名的老摄影家郎静山先生的集锦照片（图2-76），就是将散点透视运用到摄影

创作之中的一个实例。构成集锦的单个图像自由而随意的空间组合使画面奇异而有趣，表现出特别的意味，并给人以轻松、畅达之感。在摄影中利用散点透视的实例还常出现在大场景的拍摄上，当出现一个镜头的广度无法囊括的场面时，常用的手法就是保持高度不变将机位沿水平线平移，继续构图并拍摄。拍摄多幅图像后在后期进行拼贴。摄影师也经常运用这个手法进行创作，例如程受琦2001年的作品《边走边拍》。整个作品是一幅长达20米的摄影长卷，名为《赵登禹路1998/2001》，是摄影师用50毫米的标准镜头，沿着北京西城的一条老街"赵登禹路"每7步横移拍摄一张，然后扩印成7寸照片拼贴而成。程受琦说："很早以前，我就体会到单幅照片固定视点与时间记录方式的局限，总想找一种让内容与时间能同时无限延续的方式。中国画长卷的散点透视使我觉得很有意思，让我在有意无意之间，开始试着将时间的因素通过移动拍摄的视点，引入同一个二维平面，用单点透视、定点平摇与多点透视的组合拍摄方法——边走边拍来记录特别宽的场景。"摄影师的话也正道出了散点透视与定点透视的相异之处。散点透视是将时间的"动"引入空间的表现之中。

现实生活中还有一种透视为我们常见——运动透视。运动透视简单来讲就是当物象与观看者之间距离发生变化时，立体物象中各物体的大小和间隔也会随之发生变化。在现实中最常见的就是当以同一速度移动的物体从拍摄者前面横向移动的时候，离摄影师距离近的物体表现的运动速度比较快，离摄影师距离较远的物体看起来运动速度比较慢。当高空的飞机和地上的汽车同时从面前飞过、驰过，我们可以感受到汽车的飞驰而过，而飞机的速度好像还没有汽车的速度快，这就是运动透视造成的幻觉。在实际拍摄过程中，如果移动的物体离我们的距离较近的话，就要使用更快的快门速度才能凝固快速运动的物体。通过利用运动透视的原理，拍摄的照片在影像上呈现出远处和近处物体运动速度的不同，可以增加对比，表现出拍摄场景的空间感。（图2-77）

不同的空间感通常会给人不同的心理感受。比如，薄雾笼罩的田野带给人恬静、舒适的感觉，而阴暗的山洞则会带给人神秘、恐怖，深不可测的感觉，干净宽敞的房间会使人心情爽朗，这些都是空间对人类感觉的神奇影响力。所以在摄影创作中如果我们能够对空间感有敏锐的把握，非常有助于对环境气氛的塑造。

图2-76 散点透视 郎静山集锦摄影

思考与练习：

1. 常用的表现空间的摄影语言都有哪几种？
2. 什么叫做影调透视，影调透视是怎样表现空间的？
3. 利用透视来表现空间的语言都有哪几种？各自都有什么特点？
4. 长焦距镜头在表现空间的过程中会造成什么样的特殊效果，是如何表现的？怎样才能达到这种效果？
5. 光线是如何表现物体空间的？各种方位的光线在表现空间的过程中会形成怎样的不同效果？
6. 什么叫空气透视？空气透视是怎样影响物体空间的表现？
7. 通过透视表现物体空间的方式都有哪些？各自都会对空间透视的表现有哪些影响？
8. 拍摄10幅表现空间的作业。

图2-77 运动透视

第八讲　时间语言

一、认识摄影艺术的时间性

时间在摄影艺术中既是作为艺术的表现对象又是作为摄影艺术的表现手段而存在的。由于时间在摄影艺术中的双重特性，就使得人们对时间在摄影中的作用、理解以及运用上加深了难度。其实在那些直接通过摄影术拍摄的照片中（不包括商业摄影中产品照片和后期处理合成的照片）已经包含了特定的时间概念，这一点在记录性摄影中表现尤为明显。罗兰·巴特在他的《明室》中提道："事实上摄影无限制复制的东西只发生一次；摄影机在机械地重复着实际存在中永远不可能重复的东西。"由于每幅照片中是包含特定的时间概念的，所以"摄影无限制复制的东西只发生一次"，这种摄影的记录性和瞬间性是摄影作为视觉时空艺术具有不同于绘画、雕塑等其他艺术门类所独有的特征。

苏珊·桑塔格说过，"摄影是一门追魂的艺术，一种薄暮时分的艺术"。虽然时间具有不可逆转性，但是我们通过摄影这种手段在某种意义上挽留住了时间，也挽留住了历史。时间因素在摄影创作中是必不可少的，也是摄影艺术本质的特性。摄影不同于绘画，摄影只能记录和表现存在于照相机前面的景象，只能表现现在的时间概念，不能表现过去或者将来的时间概念。所以说摄影仅仅是对当前时间的、画面的凝结。由于时间具有不可逆转性，在摄影创作过程中如果错过时机将无法弥补，这就是为什么在很多年前拍摄的很普通的照片在很多年之后显得尤为珍贵的道理。

二、哲学范畴内的时间在摄影中的运用

摄影的瞬间性和摄影的记录性是摄影最基本的特性之一。在摄影史上最早对摄影瞬间性进行探索的是英国摄影家埃德沃德·迈布里奇（Eadveard Muybridge）。他于1872年研制出一种机械摄影系统，成功地记录下了奔跑中的马的连续照片（图2-78）。埃德沃

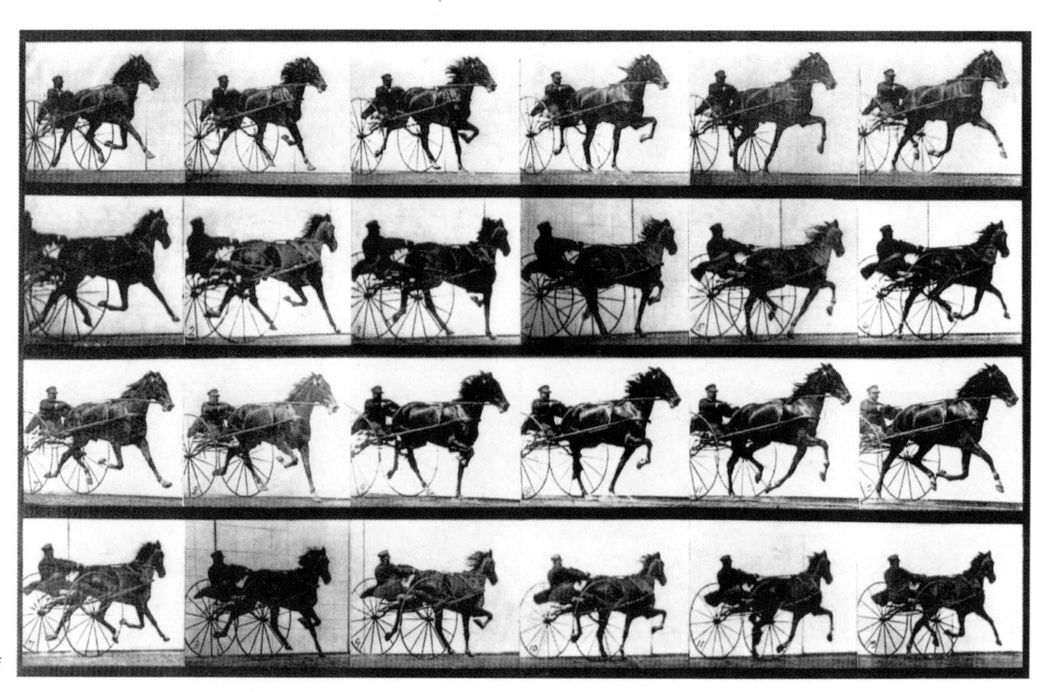

图2-78 迈布里奇的实验图片

德·迈布里奇的连续照片使人类看到了摄影瞬间性和摄影可以凝固时间的特性。摄影技术的一步步提高最终促使了电影艺术的产生。法国著名摄影家卡蒂尔·布勒松提出的决定性瞬间理论比较全面地阐述了摄影瞬间性的含义。布勒松认为："一个人，一个事物，都有决定性瞬间，这一瞬间决定了此事物与他事物的区别，决定其典型意义。"而摄影师的任务就是集中精力用心去捕捉这一决定性瞬间。布勒松的决定性瞬间理论可以理解为构成画面的视觉因素在特定的空间、特定的时间能够达到最完美的和谐。

我们可以在实际创作过程中充分利用摄影瞬间性的这一特性，在实际拍摄的时候对一段时间内拍摄的图像进行横向和纵向的比较。我们可以在同一时间段、不同的地点进行创作或者在不同时间段、同一地点进行创作，比较这两种创作方式得到的结果。通过这种方法我们可以形象地对事物在一个时间段的发展过程进行全方位的了解。上海市政府曾经组织由百名著名摄影师在同一天时间里对上海进行拍摄的活动，对上海在一天内进行全方位的扫描，记录改革开放以后上海发生的巨大变化。这次活动取得了巨大的成功，在摄影界也引起了不小的轰动。美国著名的《生活》杂志曾经刊登过名为"女人的成长"的一系列照片，这些照片用最朴实的方法记录了一位少女从姗姗学步的小孩到逐渐长大最终成长为一名婷婷玉立的少女的生长过程。这组照片形象地反映了人类生命成长的发展变化过程。由于照片的形象性使得这组照片深受读者喜爱，当之无愧地被读者评选为生活杂志创刊以来最受读者欢迎的照片。

摄影史上使用摄影手段表现时间概念最著名的摄影师就是日本摄影家杉本博司（图2-79）。他跑到被遗弃的电影院，边放电影边用照相机记录，创作出电影院系列作品。在电影结束的时候，一直放映的电影因为在底片上长时间曝光而在胶片上成为空白，但同时照相机也记录下了电影院里其他部分的细节。

图 2-79 杉本博司的《电影》的作品体现了对时间的思考

图 2-80 长时间曝光手法的运用

在实际拍摄过程中我们还需把握恰当的时间，也就是平常所说的时机。作为摄影表现主体的客观世界，并不是静止的和一成不变的，而是处在不断地发展变化过程中。而客观世界的事物在整个变化过程中都有它最佳或者最适合通过摄影方法进行表现的时刻。尤其在风光摄影中，自然界的光线处在不断变化中，不同的季节和一天中的不同时间光线的效果都是不一样的，在不同的时间段光线会有强弱、方向、色温的变化。在风光摄影中把握住了不同季节不同时间段光线变化的不同特点，是拍摄精彩风光摄影作品的关键。

图 2-81 追随拍摄手法的运用

三、时间在摄影技术上的运用

时间也是摄影进行创作的重要表现手段。对时间的控制和摄影对光线的控制一样，也是控制影像效果的重要表现语言。曝光时间的长短是控制形成影像的一种必不可少的因素。曝光时间长短决定了客观世界物象在感光材料上形成影像的最终效果。对摄影曝光时间长短的控制我们都是通过快门速度来控制调整的。在保证在感光材料上能够形成清晰影像的前提下，我们通过适当改变曝光组合、适当延长或缩短曝光时间就可以在图片上形成独特的神奇效果。图2-80就是通过长时间曝光创作的一种方式。另外，我们使用极高的快门速度或在较暗的环境下配合使用高速闪光灯往往可以凝结运动中的事物，如疾驰的汽车、飞奔的运动员、飞行中的子弹等（图2-81）。使用慢速长时间拍摄，我们可以将运动的物体虚化。在拍摄夜景时使用长时间曝光可以将移动的灯光，如川流不息的车辆灯光拍摄成线条的形状，可以产生很强的艺术效果。

思考与练习：

1. 不同时间段的光线各自都有什么特点？什么时间段才是摄影师最钟爱的拍摄时间？
2. 摄影艺术和其他艺术门类相比，时间在摄影作品中起到什么样的作用？
3. 在摄影作品完成的过程中，时间会在哪些步骤上起作用？是怎样影响摄影作品的？
4. 时间的控制在拍摄过程中会起到什么样的作用？

图 2-82 慢门拍摄

第九讲　摄影的特殊语言

摄影是一门视觉艺术，摄影作品的艺术魅力来自于表现手法的多样性和独特性。在创作过程中，针对不同的拍摄题材，恰到好处地运用与之适应的特殊影像语言，可以使我们的作品获得非同寻常的艺术效果，展现出鲜明的个性和魅力。

学会并掌握视觉表现的诸多语言，是拍好照片的基础，进一步探寻和发现摄影技术的独特语言，学会以一种全新的观念来观照客观世界，是这一讲的目的。摄影扮演的角色是真实地记录物象，也就是说它能够让我们认为，眼睛看到的物象如它拍摄下来的完全一样，这是在通常的概念中对摄影的解释。其实有很多时候，摄影图片所拍摄下来的物象与我们的所见并不相同，甚至拍摄下了我们没有看见的物象。

我们应该学会尝试采用摄影的一些非常规技术手段，诸如长时间曝光、高速快门、高速度闪光、模糊影像、极浅景深乃至后期影像处理等多种特殊摄影技法，寻找摄影技术独特表现语言的各种可能。我们只提供一个思考的方向，更多的可能要靠学生自己去实践。

一、长时间曝光（慢门拍摄）（图 2-82）

慢门的使用可以创造虚幻的影像。慢门是指 1/25 秒以下的快门速度，直到“B”门和“T”门。用慢门拍摄运动的物体，可以在曝光过程中有意识地让运动的物体在底片上移动，产生程度不同的虚影，使画面影纹有虚有实，从而达到“以实衬虚”、“虚实相生”的效果，这对于表现动感创造气氛有特定的作用。用慢门摄影，在白天一般选用感光度较低的胶卷，或选择阴雨、黄昏、凌晨等光线较暗的时候。在夜间的室外和室内暗处拍摄，可敞开“B”门或“T”门，任凭现场的灯光、星光、月光和被月光照亮的浮云等各种光点在底片上移动，以产生特殊的视觉效果。

二、高速快门

高速快门可以使瞬间的影像凝固，通常用于拍摄飞溅的浪花、池塘的涟漪等。高速快门是指 1/500 秒以上的快门。它能固定移动物体的影像，应用于一切我们想要探究的快速现象。它的重要性就在于我们能从那一瞬间的影像（肉眼不可捕捉的）发现另一个世界的情形（图 2-83）。高速快门的运用能够防止拍摄高速移动的物体时图像发虚，所以应以拍摄的主体来决定是否使用高速快门，而被拍摄物体的速度决定着高速快门的速度，也就是被拍摄物体移动速度越快，使用的快门速度就应该越高。同时，为了得到清晰的影像，还必须要有足够的光线。

图 2-83 高速快门凝固影像

三、高速度闪光

为了捕捉到高速运动中的物体，通过高速闪光灯拍摄，是十分有效的方法。选购闪光灯时，要注意其技术指标中的最高闪光时间，通常的指标是 1/2000 秒。那么，要将水花拍摄成如坚冰一样的效果的话，最好选择 1/6000 秒之上的高速闪光灯。与高速快门不同的是：这种方法不必将光圈开到最大，景物会有比较理想的景深。

四、模糊影像

自从摄影术诞生的那一天起，摄影技术更新上所有的科技进步都是围绕着获得更清晰影像的目的而展开的，结像清晰、曝光正确似乎是摄影图片的唯一标准，你有勇气重新建立一个属于你自己的标准吗？去尝试自己制作一台用针孔成像的照相机拍照、用布满划痕的胶片制作作品、用抖动的方法拍摄照片？总之，去体会一下违反常规的感觉。

拍摄模糊影像的技法有多种，但每一种技法的效果又各具特点。

（1）用焦距不实造成影像虚糊，这是最简单的一种方法（图2-84）。

（2）在镜头前加用柔焦镜或用一块半透明的塑料薄膜（白色或彩色可根据需要选定），蒙在镜头前获得模糊的效果。

（3）在镜头前的UV镜或额外的玻璃上，将所要拍摄的画面中主观上想要虚化的部分，用药棉涂上一层薄薄的凡士林，使整个画面呈现出有变化的虚糊效果（图2-85）。

（4）抖动照相机，同时按动你的快门。

五、变焦拍摄

变焦摄影即在曝光期间改变变焦镜头的焦距，一般用于拍摄静止的主体。标准的变焦画面，会产生万花筒式的效果，光影的线条从主体向外辐射出来。通常必须把主体安排在画面中央。主体的背景则不太重要。因为，大部分的背景都会被变焦效果产生的向外延伸的条纹“消灭”掉。色彩越绚丽的背景，效果越好。明暗对比强烈的主体，通常可以拍成很好的变焦效果画面。但是，尽量不要把太多的明亮部位拍进画面中——太多的白色，会使向外发射的纹理变得软弱无力。在物体处于静止状态时，也可采用移动照相机机位来实现动感照片的拍摄，可采用机位升降法或云台手柄调节法，移动的方向可以是横向、纵向，也可以是斜向，需要掌握的是机位的升降或俯仰应该适度，可预先通过取景器，观察被摄对象移动变化的效果来设定。

六、极浅景深

极浅景深指画面中只有极少的部分是清晰的，景深之外的模糊影像衬托下的主体格外清晰，这种语汇具有较强的震撼力，因为它呈现的是一种人们的视觉经验之外的画面（图2-86），模糊的地方完全违背我们“能够看清楚”的愿望，由此即产生了获得审美的基本要素。

图2-84 模糊部分影像，突出主要表现对象

图2-86 极浅景深的运用

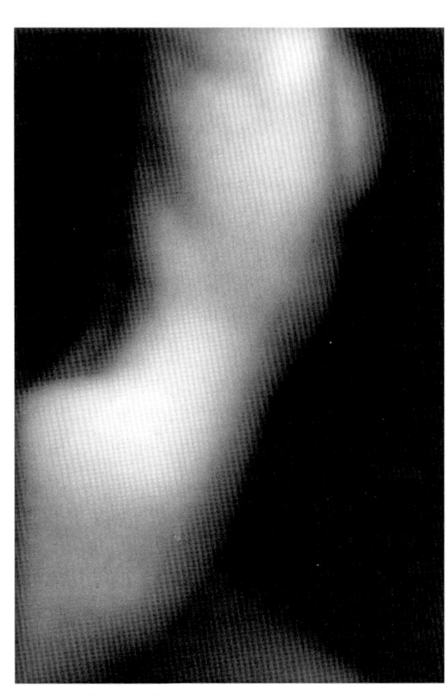

图2-85 模糊摄影

七、特殊视角

要拍好照片，除了熟练掌握诸多技术控制和审美语言之外，选择特殊视角，也是一幅作品成功的关键。

通常拍摄视角有平视拍摄、仰视拍摄、俯视拍摄的基本变化。（图2-87、图2-88）

平视拍摄，拍摄时由于镜头与被摄对象在同一水平线上，其视觉效果与日常生活中人们观察事物的正常状况相似，画面效果显得比较平和稳定，没有特点，属于一种比较朴素的表现方式，是最常用的一种拍摄角度。

仰视拍摄，拍摄的镜头低于对象，产生从下往上、由低向高的仰视效果。仰望拍摄目标，观看者会觉得这个目标好像显得特别高大，不管这个目标是人还是景物。用这种方法去拍摄，可以使主体地位得到强化，使被摄物产生雄伟、高大、庄严的气势。低角度拍摄，可降低地平线，还可舍弃杂乱的背景，使画面简洁，主体突出。（图2-89）

俯视拍摄，照相机的位置高于被摄物，是一种自上而下、由高向低的鸟瞰效果，可以强调空间与深度的感觉，使纵向线条得以充分展示，给人以深远辽阔的视觉感受。视觉范围十分广阔，画面上的地平线上升，远近景物都能呈现出来。对表现大场面的景物十分有利。（图2-90～图2-92）

拍摄照片时，要对被摄物体反复观察，以选择最能表现主题特征，最适合体现主观愿望，最富有表现力，最具有个性化的拍摄视角，是摄影创作的重要环节。通常，对于拍摄对象举起照相机就拍，是一个十分常规的动作，大多数人都是这么做的。这样拍摄出的画面视角都在距离地面170毫米左右，容易显得普通。尝试改变一下习惯的拍摄视角：以一个巨人的眼睛，或者用趴在地下的狗儿的视角来拍摄，新鲜的、与众不同的画面一定会让你自己感到惊叹。改变视角的要点是要你不断改变拍摄习惯，之前提及的俯、平、仰角度的拍摄点，并不是本节的目的，建立创新的意识，始终拥有拍出新鲜画面的愿望才是要点。（图2-93）

应当指出的是，寻找摄影的特殊表现语言的深层意义还在于，进一步强调发现是艺术表现的源泉，探索赋予了它崭新的生命，过去的经验一但成为规则，它就有可能成为艺术创作的枷锁。我们提倡在传统的基础上，大胆突破、拓展摄影的表现空间，只有推陈出新，才能创造出鲜活生动、更具生命力的艺术作品。（图2-94）

思考与练习：

1. 摄影的特殊表现语言有哪些？
2. 慢门拍摄能获得什么样的画面效果？
3. 高速快门拍摄可以获得什么样的画面效果？
4. 模糊影像的拍摄技法有哪些？
5. 提出你自己的特殊表现语言。
6. 利用特殊的表现语言拍摄8幅作业。

图2-87 特殊视角

图 2-88 特殊视角

图 2-90 低机位拍摄，表现了喜剧效果

图 2-91 低角度拍摄

图 2-89 特殊视角

图 2-92 俯视拍摄手法

图 2-93 拼贴手法的运用

图 2-94 运用特殊手法创造奇妙效果

第十讲　创造新的光源

摄影艺术亦被称为光的艺术，光线是摄影的灵魂。摄影这一词语就是来源于希腊文“用光线进行描写”的意思，足见光线在摄影造型中的重要性。

我们可能十分熟悉手中的照相机，也擅于控制曝光，但是对于图片拍摄只会依靠自然，是远远不够的。上帝虽然给了我们阳光，可他也不时地把它收走；学会使用新的光源，才是拍好图片的保证。（图 2–95）

完全自然光：

自然光最主要指的是太阳光，也包括闪电、月光、星光之类。其拍摄要点是早、中、晚的色温变化和阴天或晴天出现的不同性质的光。（图 2–96、图 2–97）

完全人工光：

人工光是模拟自然光人工制造出来的光线，包括各种灯光、烛光等。在摄影中，尤其是在商业摄影或影棚摄影中会大量用到各种人造光源来改善光照效果。摄影中使用的人造光源主要按照其光照的性质分为连续光源和瞬间光源。连续光源通常指所有用于日常照明的灯光，对于记录性的摄影，为了反映真实的场景，不同色温和波长的光源出现在画面中，都是可以接受的。但是，用于商业摄影或图片复制的光源，就有比较严格的要求，通常提倡使用显色性 95 以上的低色温石英灯，或者高色温金卤灯（图 2–98）。用家里的普通台灯做练习，除了色温稍低（2800K）之外，是可以接受的。闪光灯是典型的瞬间光源，在几千分之一秒的瞬间释放出高照度光线的光亮，它的色温为 5800K。

图 2–95 自然光源条件，表现和谐的画面效果

图 2–96 顺光拍摄是经常使用的拍摄手法

图 2–97 运用头顶的直射光，创造硬朗的效果

图 2-98 光源的色温不同所带来的效果也有区别

混合光源使用：

最关键的是不同色温光源的拍摄。在拍摄中选择主流的色温为基本标准，通过人工补光满足拍摄的需要，在拍摄宾馆、酒店的室内场景时，为了表现设计师对灯光设计的独特表现语言，以4000K的白平衡拍摄是十分有用的。（图 2-99）

图 2-99 室内人工光源利于人物造型刻画

从光线的性质上来分，光线可分为直射光、反射光和折射光。直射光光线照射的方向性强，照射的面积比较集中，直射光是发光体直接放射出来的光线，呈点的特性，又有点光源之称，照射到物体上形成的反差较大，会形成很明显的明暗对比效果，直射光对物体形体塑造能力比较强，所以也被称为硬光。反射光和折射光是光源经过介质的阻挡而形成的一种新的光源形式，这种光源面积比较大，强度和方向性都比较弱，称为软光源，也被称为面光源。摄影中使用反光板、柔光箱、雾灯罩等设备的光源均为反射或折射光源。阴天白云遮日下的光线属于折射光，这种反射光照到物体上形成的反差小，明暗对比弱，所以阴天不利于表现建筑所需要的硬朗、锐利的画面。但是在柔和的光线中拍摄人像，人物脸部没有很强的阴影，特别适合表现女性细腻的皮肤。

按照光线的方向来分，光线主要可分为顺光、侧光、逆光。顺光是指主光源的位置与照相机位置相同。顺光照射到物象上面物象很少产生阴影，明暗比较均匀，画面的反差比较小，缺乏立体感，但是顺光十分擅长表现物象固有的层次和色彩，体现的是一览无余的朴素的光源特性，物象有什么就能看到什么，毫无悬念地给人以平淡的感觉。侧光是指光源位于物象的侧面，因此，照射到物象上会形成清晰的明暗反差，画面中物象的暗部体现

图 2-100 利用自然光拍摄时，要注意控制好光比

出物象的质地，隐喻的神秘使这种光位更加具有性格的特质，基于这些因素，它成为最受欢迎的光位。侧光产生的投影，是摄影师表现人物内心世界的重要武器（图2-100）。在进行建筑摄影时，由于侧光可以勾勒出建筑物体的外形特征，明暗可以强调建筑的结构关系，所以在建筑摄影中，侧光会被广泛使用。逆光是指光线来自物体后方或对着相机镜头的方向照射的光线，逆光是最具有神秘色彩的光线，也是摄影师最钟爱的光线之一。不同的光比会改变逆光的语言特征，当光比小于1：3时，逆光会作轮廓光使用。在逆光效果中主体与背景的光比达到1：6时就会形成强烈的剪影的效果。在使用逆光拍摄的时候需要注意防止光线进入镜头，这样会在影像上造成炫光而降低影像的清晰度。

光线是通过一定的媒介到达景物上，又通过景物反射或折射出来，在这个过程中，媒介会改变光线的一些特性。空气就是自然光传输的媒介，经过空气传输后的光线不仅会改变面积、方向，也会改变光线的色彩（图2-101）。空气的散射作用使天空和远处景物变成蓝色，并使日出和日落产生绚丽的红色。不同的天气情况下，如雾、雨或者地面热气层的出现都会影响景物呈现的状态。天气状况的不同还会影响影调透视，从而影响最终照片的整体效果。

接受光线的物体也是影响光线效果的重要因素。在实际的拍摄过程中我们要仔细研究各种光线在不同材质下的不同表现效果，选择适合表现主体的光线。例如：如果拍摄表面比较光滑的物体如金属、瓷器等，要想表现出物体表面光滑的质感，在选择光线的时候就要用比较柔和的光线；如果物体表面比较粗糙，有纹理，如木制品、布料等，就要使用比较硬的光线来塑造。当然，摄影师创意性地使用光线来表现主体那则是另外一回事。

了解光源的性质、方向、面积、色彩、强度等各方面的基本知识会对我们学习创造性地运用光线有很大的帮助。在实际拍摄过程中，我们可以根据拍摄目的和拍摄现场光线的实际效果来选择合适的光源进行拍摄。

在实际拍摄过程中，单一的光源往往并不能达到我们想要表现的效果，使用单一光源进行拍摄常常会不尽如人意，所以在表现的过程中我们就需要发挥想象，将几种光源在运用的过程中结合起来，从而创造出新的光源（图2-102），这样就可以创造出比一般单一光源更具有艺术效果或者更为神奇的特殊光线效果。我们还可以在自然光中加入人工光，在使用自然光拍摄肖像过程中，如果使用侧光进行拍摄，则易产生明显的明暗反差，如果又是方向性很强的直射光，光比会很大，暗部的层次通常会较弱或完全陷入阴影之中，这时如果使用反光板或者使用闪光灯在另一侧进行补光，人像脸部的反差就会减弱，暗部的阴影也会被消除。

人工光源是商业摄影中最主要使用的光源。因为我们可以通过多盏可控制的光源准确表现物体的形态和体积。光源的位置、强弱、性质可完全不受周围环境的影响而获得理想的效果。对于特殊的场景，因为照度的因素、光色语言的因素，现

图 2-101 选择适当的光源，对突出产品特征尤为重要

有光无法满足拍摄语言的需要，这时摄影师需要添加灯具以获得满意的效果。除了在照度上满足感光要求之外，如何更好地通过光线体现场景的影像品质、加强物象的造型效果，是增强人工光源的要求，同时要保证所添加光源的色温与现场光源的色温平衡（图2-103）。通常情况下，闪光灯基本和日光相平衡，而色温为3200k的电子石英灯，由于过低的色温会干扰高色温场景，通过增加蓝、绿色滤光纸是必要的手段。

随着摄影科技的发展，各种用途的人造光源被设计制造出来，现在最受摄影师喜爱的各种用途的闪光灯已经完全能够模拟出自然光的效果，在某些方面甚至可以制造出比自然光更独特的艺术效果（图2-104）。在现实中，对摄影创作来说光源是有限的，但是光线的效果是千变万化的，只要我们在实践中充分发挥想象力就会创造出更多新的光源。

思考与练习：

1. 光线按性质不同可以分为哪几种？各自都有什么特点？
2. 顺光、侧光和逆光各自都是怎样表现物体外形特征的？
3. 摄影室常用的人工光源有哪几种？各自有什么特性？
4. 人像拍摄过程中如何选择使用光线？
5. 钨丝灯和电子闪光灯各自有什么特点？
6. 按本讲相关内容拍摄10幅作业。

图2-103 室内现场光摄影

图2-102 顶光的使用，创造戏剧化的效果

图2-104 不同的光源带来不同的色彩效果

第十一讲　学会表述是创造影像最为重要的环节

摄影是以图像方式表现的一种视觉语言，这是一个公认的定义，既然是语言，如何更好地承载思想，研究视觉语言的表述方法和修辞技巧，达到赋、比、兴的境界是本讲的课题。

用视觉画面表现纯粹抽象的思想、精神状态、情感的深度和强度其实是有困难的，尤其是对于表现客观现实的摄影。这种经验完全不同于单纯的记录式的拍照，最重要的就是要具备想象力、思考力与创造力。通常我们获得的影像是在现实中选择拍摄的，体现的是摄影记录层面的东西。但我们要学会用影像的方式来表现各种心理活动与精神状态，有了主题，有了种种心理状态，需要用影像的方式将其表述出来，此时摄影不但有记录的功能，而且还能融入整体的创作，能够参与表现，能够制造效果，能够表达精神。

如何以有形的摄影特性来表现无形的精神世界？是具有相当挑战性的课题。在这里，思想、情绪、心理状态是优先的，图像应该服从并支持想法，而不只是独立的画面。表述得好的影像一定会在某处触动、激发观看者内心的某种情感、某种发现、某种期待。罗兰·巴特在分析照片时最精彩的一句话就是，“它的某处击中了我，刺痛了我”。这种击中和刺痛表面上是从照片的信息上来的，实际上是照片中所传达出的、复杂的对象信息和拍照者个性化的观看态度造成的。如果摄影师没有这种发现和抓取的能力就不会有动人心魄的影像。

图 2-105 洪磊作品

其实已经有不少的摄影师开始关注该层面的内容。以下将涉及几位大家耳熟能详的摄影师及他们的作品。

洪磊作为一个艺术家，始于美术，成于摄影，这就使他不太在意往往困扰摄影家们的问题，他利用摄影来刺激创作，洪磊的早期摄影作品的创作，多以宋代的宫廷绘画作为模仿素材，使用真的花和鸟的现成品，摆放成宋代宫廷花鸟画的构图和贵族式的艳丽趣味，然后拍成照片，或把宫廷花鸟绘画真迹的印刷品与模仿印刷品的花、鸟实物并置，然后拍成照片。在洪磊作品中（图 2-105），鸟是作为符号来使用的，他以鸟的死亡来象征“精神的自杀”，《紫禁城的秋天》（图 2-106）系列中，紫禁城是皇权的象征，但只是作为一个背景隐约地存在于画面中，而那个一直象征心理状态的死鸟形象，则被他置于画面的主要地位。通过将象征专制的宫廷与象征死亡的死鸟这两个形象进行组合，用凄艳而又华贵的画面把宫廷政治中的一种历史的阴沉用影像的方式重现在相纸上，展现了中国传统文化心理中一些阴柔与诡异的内在气质。

图 2-106 洪磊作品

荒木经惟，以《感伤的旅程》（图 2-107、图 2-108）成名，该作品代表了荒木个人艺术的高峰，《感伤的旅程·冬天之旅》是他以自己的新婚旅行为素材拍的作品。可是将新婚旅行称作感伤之旅显得有悖常理——其实荒木一直将摄影作为剖析人生、剖析自己的手段，对于他来说，结婚并不仅仅意味着两个人在一起生活，实际上是一种摄影的旅行。画面内容大致可以分为两大类：一类是对所到之处的自然与人文景观的记述，另一类则主要是阳子（其妻）的各种日常形象，包括极具个人性的裸体乃至私生活的记录。在这里几乎可以看到后来荒木作品的全部主题：女人和性、旅行、风景，以及对于生命的思考，死亡与再生（图 2-109、图 2-110）。而其中有一张作品，阳子侧卧于漂游的小木舟之上（见图 2-107），周围除了碧波荡漾之外没有任何多余的景物。荒木经惟用影像语言十分到位

图 2-107 荒木经惟作品

图 2-108 荒木经惟作品

图 2-109 荒木经惟作品

图 2-110 荒木经惟作品

地揭示了生与死这一人生永恒主题的意义。

1953年出生的南·戈尔丁是现代美国最受瞩目的摄影家之一。在她的摄影作品集《性依赖的叙事曲》中（图2-111～图2-114），她勇敢地放入了自己被打得鼻青眼肿的形象，“我不想忘记被男友殴打的事”。南·戈尔丁拍摄这些照片的理由是希望把自己的生活告诉别人，这种接近日记式的叙说，在她看来是触摸、爱抚眼前的这个恋人的一种行为，是自己特有的表达敬意的一种方式，而且用照片来表达情感是最直接的。

摄影作为一种语言可以突破客观的限制直逼精神世界，我们可以尝试给自己安排任务，做一些简单基本的训练，学会用影像的方式来传达情感、思想。例如，在几张卡片上写下这样几个词：“生活”、“欢乐”、“苦涩”、“安宁”、“痛苦”、“爱”和“新生”，把几张卡片装到一个袋子里，每月抽出一张，然后用一个月时间根据纸上的词进行创意。例如你抽出的是写着“欢乐”的内容，可以去试着拍摄阳光般的笑容与无忧无虑的场面——这是看到主题词后最显而易见的，人们一开始就可以想到的表现对象。但不能就此为止，你还可以多花一点儿时间，通过新的手段去表现“欢乐”，比如拍摄情侣的相互爱慕的延伸，春天即将来临之际的大自然，动物的嬉戏。有时对光线的选择也可以很好地表现主题，柔和的光线会有一种生命的恬静，黄昏的光线有种浪漫的气息。当抽到“安宁”这个词时，可以拍一组具有安宁气息符号的影像，也可以关注一些平时在忙乱状态下不会注意到的细节，等等。

思考与练习：

1. 如何提高自身表述影像的能力？试以“生活”为例进行思考。
2. 影像的表现手法有哪些？
3. 对比手法有什么作用？
4. 什么是意境？摄影中如何表现意境？
5. 模糊的摄影画面有什么美学含义？
6. 根据所需要表述的内容，拍摄10幅相关作业。

图2-111 南·戈尔丁作品

图 2-112 南·戈尔丁作品

图 2-113 南·戈尔丁作品

图 2-114 南·戈尔丁作品

第十二讲 影像的美化手法

图 2-115 镜面、墙壁、水池的清洁，小道具的修饰都是美化作品的重要手段

图 2-116 拍摄服装时将一些细节处熨烫整齐也有助于美化产品

图 2-117 化妆、服装、造型在人像摄影拍摄前期准备中非常重要

每一位摄影师都希望自己最终创作的摄影作品能够尽善尽美。然而，要做到这一点并非易事。它要求摄影师除了掌握熟练的摄影技巧之外，还必须非常了解被摄体。不仅“了解”它的优点与长处，更需要了解它的缺点与不足。如何扬长避短成为每一个摄影师必须考虑的问题。因此，我们可以在拍摄前期和后期处理中针对某些影像使用美化手法，使自己的作品能够达到预期的效果。

一、拍摄前对被摄体的修饰以及气氛的营造

作为各种各样不同的被摄体在被拍摄之前都需要被修饰。因为，无论是人像、风光、产品还是建筑等离我们最终所要再现的影像效果都存在着一定的距离。怎样缩短这种距离，表现出惟妙惟肖的人像、旖旎美妙的风光、吸引顾客的产品等，就需要我们在拍摄之前就对被摄体进行修饰并且营造出符合主题立意的气氛。修饰的目的是加强被摄体的特点同时也削弱它的一些不足之处，气氛的营造则是为了烘托主体从而渲染主题。总之，拍摄前的一切努力都是为了最终的美化影像，以达到我们的创作目的。(图2-115、图2-116)

以人像摄影为例，化妆便是拍摄前期最重要的一步(图2-117)。这里所说的化妆决不是简单意义上的人物面部的装扮，它还包括人物发型的塑造，服装的搭配和色彩的处理。化妆后的人物不仅提升其自信心和吸引力，更加强了在拍摄过程中摄影师与被摄对象的交流与互动，美化了影像。因此，人像摄影师一般都会聘请一位熟知当今流行化妆技术和化妆风格的化妆师。

在广告摄影前期对产品的修饰也是至关重要的。例如，拍摄食品广告时，由于食品的诱人外形保持时间十分短暂，为了保证画面中食品的形状不变形，我们就必须在拍摄前对食品进行美化(图2-118)。如遇到罐装食品，为了让罐边产生明亮的高光，可事先将所有的罐边擦亮并置换上新的标签。拍摄水果前可用软布对其表面进行抛光直至发出明亮的光泽，然后再洒上些甘油或水以增添一种鲜嫩感(图2-119)。酒因其对光线具有部分吸收作用，所以从照片上看会显得比实际状况暗一些。我们可以借助反光板或用水稀释以增强盛有酒的酒杯或酒瓶的亮度(图2-120)。

拍摄前影像美化的第二步是要营造气氛、发觉个性、寻求最佳表现。要想获得富于视觉感染力的人像照片，营造画面的气氛至关重要。我们可以将装扮好的人物在具有古典气息的背景中加上黑白摄影中丰富的影调层次，在表现人物的特点、职业或爱好时适当运用一些道具可以起到画龙点睛的作用(图2-121)。同样，在拍摄产品广告时将其置于怎样的环境中，选择怎样的背景，营造怎样的氛围，都决定着照片的成败。(图2-122)

二、影像的后期处理

随着计算机技术的快速发展，我们可以使用数码照相机进行拍摄或者使用高精度的扫描仪将传统的照片或底片处理成电子文件，然后摄影师完全可以利用像photoshop这样强大的图形处理软件在电脑里轻松自如地处理自己的照片。通过这样的数字暗房的操作，我们不但可以调整前期拍摄中的一些不足和失误，还能最大限度地发挥自己的想象，创作出更加丰富多彩的照片。

1. 修饰污点、划痕和皱褶

由于在拍摄前和拍摄过程中一些细节没有处理好或者没有条件处理，我们的照片上会

图 2-118 涂抹甘油增加食物的鲜嫩感

图 2-119

图 2-120

图 2-121

图 2-122 带有内衣的昏暗背景衬托出香水这类产品的信息

出现各种各样的污点、划痕、皱褶和瑕疵。在photoshop中我们可以选择工具箱中的修复画笔工具，来完成后期的修复工作。如果使用修复画笔无法获得满意的结果，请尝试使用仿制图章工具或修补工具。修饰人像时，如果先复制原始图像图层，然后在新的图层上进行所有的调整，校正效果将会显得更为逼真。逐渐降低修饰图层的不透明度，直至可以透视出主体的特征线和皱褶。

2. 阴影/加亮区修正：

在photoshop CS中使用“阴影加亮区修正”可以快速调整照片中曝光过度或欠缺的区域。“暗调/高光”命令适用于校正由强逆光而形成剪影的照片，或者校正由于太接近照相机闪光灯而有些发白的焦点。在用其他方式采光的照片中，这种调整也可用于使暗调区域变亮。打开一张曝光过度或曝光欠缺的照片，选取“图像/调整/暗调/高光”命令，通过移动“数量”滑块或者在“暗调”或“高光”的百分比文本框中输入一个值来调整光照的校正量。值越大，为暗调提供的增亮程度或者为高光提供的变暗程度越大。您可以既调整图像中的暗调，又调整图像中的高光。色调宽度是控制暗调或高光中色调的修改范围。向左移动滑块会减小“色调宽度”值，向右移动滑块会增加该值。较小的值会限制只对较暗区域进行“暗调”校正的调整，只对较亮区域进行“高光”校正的调整。值越大，包括的色调调整区域越多(如中间调增加)。半径是控制每个像素周围的局部相邻像素的大小，该大小用于确定像素是在暗调还是在高光中。向左移动滑块会指定较小的区域，向右移动滑块会指定较大的区域。局部相邻像素的最佳大小取决于图像，最好通过调整找出最佳大小。色彩校正是允许在图像的已更改区域中微调颜色，此调整仅适用于彩色图像。在中间调对比度的调整中，如果增加“中间调对比度”调整量，会增加中间调中的对比度，同时会使暗调更暗、使高光更亮。

思考与练习：

1. 为什么我们需要在拍摄前后对被摄体进行修饰？其中又有哪些主要的修饰手法？
2. 拍摄与本讲要点相符的作品10幅。

第十三讲　用图片讲故事

图 2-123 《乡村医生》 W·尤金·史密斯

一、什么是用图片讲故事

图片故事就是通过多幅、成组的画面，结合一定的文字集中地阐述一个主题，深刻、细致地刻画人物的精神面貌或概括、深入地反映时间的发展变化过程，揭示其内在的思想内涵和社会意义。图片故事的兴起应该追溯到20世纪20年代，科学技术的迅猛发展为摄影的进一步发展提供了可能（如高速胶卷的研发成功和照相机性能的改进提高）。在欧洲，特别是德国的一些主要画报上（德国的《慕尼克画报》）开始出现一些富于创新精神的图片故事，读者从中获得乐趣、获得教益，同时人们也逐渐接受了多幅图片的表达方式，理解了图片故事的话语体系。例如：W·尤金·史密斯的《乡村医生》（图2-123）、《西班牙乡村》、《水俣》，解海龙的"《我要上学》——希望工程纪实"，胡武功、侯登科的《四方城》（图2-124～图2-128）等，都是典型的图片故事。

由于单幅照片只能表现事件发展的某一瞬间，很难在深度和广度上反映复杂的信息，因此在揭示主题的丰富性和视觉的多样性方面明显力不从心。而图片故事却可以通过具有一定结构方式和逻辑联系的多幅、成组照片来阐明主题，由于采用若干个不同侧面，不同时空的视点对一个主题进行包围式的记录，从而使事物有一个全面、立体的维度，在内容上也更丰富、更完整，这样一来就避免了单幅照片单一视角展现事件带来的局限性。

图 2-124 《四方城》 胡武功、侯登科

图 2-125 《四方城》 胡武功、侯登科

图 2-126 《四方城》 胡武功、侯登科

图 2-127 《四方城》 胡武功、侯登科

图 2-128 《四方城》 胡武功、侯登科

图 2-129 圣雄甘地用原始的纺车作为印度争取独立的象征

二、如何用图片讲故事

1. 选择什么样的主题

要把一个故事讲好，会找选题是第一步，通过对生活的观察、体验、分析，提炼出一个具有典型意义和一定思想深度的题材。不管找到什么主题，都要将自己投入到所拍摄的事物中去，要有热情和责任感，只有投入才会有回报，只有先将自己感动，才能让别人感动。（图 2-129～图 2-135）

图 2-130 如果没有前景中的这个人物，这张照片仅仅是文献照而已，然而倚在木柱上的人很像基督受难的形象。萨尔加多的报道摄影很多是在南美洲拍摄的，图片富于基督教的宗教形象，加强了作品的力量

图2–131 玛丽·艾伦·马克的摄影生涯奉献给“那些默默无闻的人”，她认为这些人更有价值，“更值得拍照”

图2-132 弗兰克林一向把有形的实据重新引入画面，而不仅仅展现外表。在20世纪80年代早期，他对经济萧条影响下的英国做了广泛地考察

2. 图片主题的表达

首先要考虑用几幅图片构成一个故事，图片之间就必须要有一定的结构方式和内在逻辑性，要有开头和结尾，有关系、有冲突、有情节、有细节，图片之间必须构成一定的情节起伏、发展和呼应，而不是几幅图片简单、随意的连接。

故事中的每一幅画面都要能表达主题的一个部分，照片的形象要生动感人，照片的含义要能说明问题，前后照片必须要有上下文关系，情节要有呼应，要能连贯地表达一个完整的故事。要理解“关系”的重要性——人与人、人与环境的关系。

在一组图片中，至少应该有一幅点题照片，这张图片是整组图片的核心，通常点题照片应该选取具有深刻表现力、内容最为吸引人、最能产生思考和想象、最能揭示图片故事内涵的图片。

3. 摄影技术的运用

要把故事讲好，就要调动摄影所有的手段，充分运用各种摄影造型语言进行画面处理。

光线，有时候就是要等早晨或者晚上的光线，白天是不能拍的，因为故事内容本身需要早晨或晚上的光来营造气氛，表达一种情绪或基调。因此光线不仅满足曝光的要求，它还具有造型和抒发情感的作用。

在画面景别的处理上，既要有渲染环境氛围的远景、全景，也要有交待人物关系的中景，还要有展现细部的特写。

在画面影调与色彩的处理上，要强调反差和对比，不要出现整组稿子一种调子的情况。整组灰调图片中要有一点亮色做对比，反之，整组五彩缤纷的照片里一定要有一张灰调子的画面，这样才能沉得住、静下来。在图片的呈现上也要有大小、横竖的变化，如此整组图片才显得节奏分明、有起有伏，达到视觉上的美感。

4. 图片故事中文字的处理

每张图片还可带有简洁的文字说明，或较短的文章，用来描述图片难以表现的某些思想、情节和背景，文字的作用在于辅助图片的叙述，补充形象叙述的局限与不足，而不是重复照片已经表达清楚的问题，因此文字以短小精悍为宜。

5. 图片的排列

图片不能随便堆放，而要经过精心设计形成一定的结构以表现内容的连续性和完整性。要把点题图片排在最显眼的位置，其他图片的排列顺序与位置、大小要根据图片之间的并列关系、因果关系作分别的安排。

思考与练习：

1. 什么是用图片讲故事？
2. 如何选择图片故事的主题？
3. 图片故事表现的方法有哪些？
4. 摄影技术在图片故事中有什么作用？
5. 如何在图片故事中恰当地使用文字说明？
6. 根据本讲相关内容拍摄8幅作业。

图2-133 《四方城》 胡武功、侯登科

图2-134 《四方城》 胡武功、侯登科

图2-135 《四方城》 胡武功、侯登科

第三单元 摄影的运用

第三单元 摄影的运用

[教学目的] 掌握摄影在各领域的运用，并能根据使用目的的不同创作出各种不同用途的摄影作品。

[教学重点与难点] 重点是不同用途下摄影的表现方法的差异；难点是能自由创作各种风格的摄影作品。

第一讲 艺术摄影

一、艺术与摄影术

摄影术从诞生的那一天起，就与艺术发生着激烈的冲突对抗。其中一方坚守艺术的高贵神圣性，波德莱尔认为“如果允许摄影术来补充艺术的某些功能的话，由于有着大众这一摄影的天然同盟军的愚昧无知，摄影不久就会完全取艺术而代之，或者使艺术彻底堕落。因此，必须使摄影术回归其作为科学与艺术的仆人”。在他们看来，瞬间将物体影像固定的摄影术只是一种技术手段，与艺术无关。否认摄影具有艺术审美价值，将摄影视为平庸毫无创意之物的观点，以传统的艺术审美观念为理由，从艺术审美性、艺术创造性和艺术身份合法性三个方面来反对摄影进入艺术领域，认为摄影不过是机械的复制模仿，摄影不是艺术。面对种种贬抑和拒斥，摄影家和理论家们开始了自我辩护的历程，要为摄影在艺术大家庭里争得合法性的地位，以确立摄影在艺术领域的合法身份。亨利·品钦·罗宾逊（Henry Peach Robinsion 1830~1901 年）于1869年出版的《摄影的绘画性效果》一书，作者鼓动摄影家利用一切方法争取艺术上的认可，可以使用一切技巧，但在主题的选择上要“避免恶意的、肤浅的、丑陋的主题，设法回避别扭的形体，纠正缺乏绘画意趣的过失并升华主题。”

今天，摄影作为一门艺术种类已成为人们普遍认同的观念，在许多摄影理论中，我们看到文章中用美学概念来阐释摄影的艺术特征，如摄影具有审美性，摄影不仅能够再现客观世界，还能够表现主观情感世界等。然而，这种阐释是摄影自身的特性吗？摄影自身的特性在这种普通的艺术美学理论里，消失得无影无踪。

虽然摄影师是从模仿绘画艺术出发，却很快找到了自身的特点，并摇身一变成为独特的艺术。摄影的特性是在摄影不断地证明自身艺术性的过程中逐渐显现的，并转身对艺术进行挑战，质问艺术的普遍性。19世纪末20世纪初，西方绘画开始了从再现向表现、从具象向抽象的转向，这一转向就与摄影的发明有着紧密的联系。面对摄影如此逼真的现实再现，画家必须放弃长久以来固守的模仿再现的观念，绘画开始走上了不断实验的探索之路。瓦尔特·本雅明曾经说：“当代社会的技术与原始社会的技术具有同样强烈的社会效果。人们虽然创造了这种第二自然，但是，对它早就无法驾驭了。这样，人们面对这第二自然就像从前对第一自然一样，完全受制于它了。”（《机械复制时代的艺术作品》）本雅明认为摄影的出现对人类艺术活动产生了革命性的颠覆，以摄影为代表的机械复制手段已根本改变了对艺术的认知方式，并预言了机械复制的手段将最终消解古典艺术的崇高地位，艺术会成为人们的普遍权利。

摄影术的问世，对现代文明起了巨大影响，摄影作为一种复制手段、一种创作手段已经全方位地侵入到现代各种各样的活动中，摄影使人类的文化由印刷文化转变成视觉文化，是整个人类现代文化图像化、视觉化的肇端。

二、摄影的发展历程

1. 早期摄影

绘画主义摄影是产生于19世纪中叶的一个艺术流派。该流派在形式风格上追求绘画般的效果，崇尚古典主义，题材的选择上较接近绘画，以宗教、寓言为主，对大众有一定的说教性。拍摄之前，要预先打好草图，设计场景，组织好道具，安排模特儿的动作，等一切都准备好了，才开始拍摄，最后还有很重要的一个过程，就是暗房加工合成。

当时的摄影家提出，“应该产生摄影的拉斐尔和摄影的提香”。摄影家为了提升摄影的地位，以为只要作品的风格像绘画就能被画家、评论家接受，虽然这种风格并没有真正改变摄影的地位，但还是让当时的画家及评论家注意到了摄影的存在，并把它视为绘画潜在的对手。

这一流派的主要代表有摄影家亨利·佩奇·罗宾森、奥斯卡·古斯塔夫·雷兰德、威廉·莱克·普里斯和朱丽亚·玛格利特·卡梅隆。

1857年，雷兰德创作了一幅由30余张底片拼放而成的、具有文艺复兴风格的作品“人生的两条路”，标志着绘画主义摄影的成熟。

1869年，英国摄影家H·P·罗宾森发表了《摄影的画意效果》，他提出：“摄影家一定要有丰富的情感和深入的艺术认识，方足以成为优秀的摄影家。无疑，摄影术的继续改良和不断发明启示出更高的目标，足以令摄影家更能自由发挥；但技术上的改良并非就等于艺术上的进步。因为摄影本身无论如何精巧完备，还只是一种带引到更高的目标而已。”该观点成为绘画主义摄影流派的理论基础。

图3-1 保罗·斯特兰特作品

但是由于绘画主义的创作大都脱离现实生活，越来越显示出其保守性，缺乏创造性，因此逐渐受到自然主义摄影流派的挑战。

1889年，摄影家彼得·亨利·爱默生鉴于绘画主义摄影风格的弱点，发表了一篇题为《自然主义的摄影》的论文，抨击绘画主义摄影是支离破碎的摄影，提倡摄影家回到自然中去寻找创作灵感。他说，没有一种艺术比摄影更精确、细致、忠实地反映自然，“从感情上和心理上来说，摄影作品的效果就在于感光材料所记录下来的，没有经过修饰的镜头景象”。

这种艺术主张，促使人们充分发挥摄影自身的特点。该流派的题材，大都是自然风光和社会生活。

这一派代表人物有乔治·戴维森、德尔·沙耶、弗兰克·M·萨特克利夫等。

2. 近代摄影：摄影特性的确立

20世纪初，画意摄影唯美的审美趣味逐渐显示出不合时宜，而将影像以摄影的本质直接呈现的摄影风格开始取而代之，1917年6月艾尔弗雷德·斯蒂格里兹在《摄影作品》杂志的最后两期里为保罗·斯特兰特的作品做了专辑（图3-1），他认为斯特兰特的作品是新摄影艺术风格的有力代表。斯特兰特相信：“客观是摄影的必要因素……充分了解这个道理后，就不会在成像的过程中对影像刻意加以修改或操控，而要以直接摄影的方式呈现。”他认为：“具有可以通过机械这个工具来最大限度地、创造性地控制形态的可能性的事物是相机。”斯特兰特的话表明了摄影的本质特性，摄影是不同于绘画的，摄影是由机

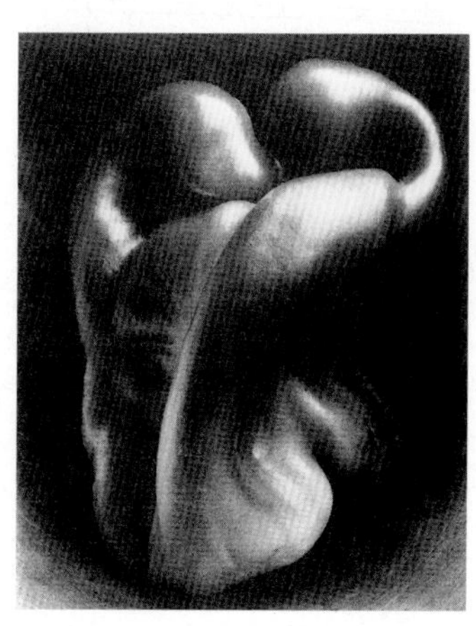

图3-2 爱德华·韦斯顿作品

械手段来获得图像，并在拍摄的过程中控制形态与结构的媒材。它应该随时代的变化而作出相应的调整，直接呈现摄影风格的出现意味着摄影终于找到了自身的特性，确认了自身的价值。1930～1950年期间，直接摄影成为摄影艺术的主流，爱德华·威斯顿（Edward Weston，1886～1958年）是其中的佼佼者（图3-2），许多其他摄影家如伊莫金·坎宁安（图3-3）、安塞尔·亚当斯（图3-4）、威拉德·范戴克都是直接摄影的支持者。坎宁安的作品体现出强烈的现代主义美感，无论是她的花卉静物还是她的肖像作品，都以精确的构成与冷静获得一种理性之美；亚当斯的风光摄影则显示出化学实验般的精确，因此他的作品在影调表现上臻至完美境界。总之，在他们的作品中，摄影有别于其他视觉样式的独特性体现得最为彻底，他们更侧重于摄影本体语言的探索，用纯净的摄影技术去追求摄影所特具的效果和魅力，高度的清晰、丰富的影调层次、微妙的光影变化、纯净的黑白影调、细致的纹理表现、精确的形象刻画。总之，该派摄影家刻意追求所谓的“摄影素质”：准确、直接、精微和自然地去表现被摄对象的光、色、线、形、纹、质诸方面，而不借助任何其他造型艺术的媒介。摄影有别于绘画的独特性在他们的作品中表现充分，他们的实践证明使人们终于明白摄影不是简单的复制，而是现代文明的产物，是有其自身特点的艺术媒材。

图3-3 伊莫金·坎宁安作品

图3-4 安塞尔·亚当斯作品

3. 现代摄影：追求新视觉

20世纪20～30年代，科技的进步导致了摄影技术水平的提升，加上先锋艺术观念的激励，西方，尤其是欧洲大陆法国、德国及前苏联各国的摄影呈现了前所未有的活跃状态。这段时间的摄影运动与当时的欧洲先锋艺术思潮有着密切关联，它既是对摄影表现语言本身的激进探索，又因时代的局限而具有乌托邦的理想主义性质，因而这次国际性的摄影运动成为现代摄影中最具历史文化价值的部分。其中成绩最为突出者有曼·雷、乔治·格罗兹、约翰·哈特费尔德、汉娜·霍荷、劳尔·豪斯曼、安德烈·柯特兹、布拉塞、拉兹罗·莫霍利·纳吉、亚历山大·罗德钦柯、艾尔·李希斯基。

拉兹罗·莫霍利·纳吉是一位匈牙利籍的艺术家（图3-5），他是包豪斯艺术学院的创始人之一，一直在试图寻找一种新的看世界的方法。他实验创新了很多不同的摄影技法，如：实物投影、合成摄影、中途曝光、特别的视角、变形扭曲的影像和多次曝光等等。后来经W·康定斯基的协助，扩大了表现手段，创作中引入了“显微摄影”和“X光摄影”。

图3-5 拉兹罗·莫霍利·纳吉作品

另一位追求新的艺术视觉形式的大师是曼·雷（图3-6），他是一位移居巴黎的美国人，他参加达达及超现实主义运动，成绩最为突出。曼·雷说“我喜欢矛盾，我们尚未体验大自然的多变与矛盾”，曼·雷对摄影的态度是，“以摄影表现绘画所不能表现的，以绘画来表现摄影所不能表现的”。他用一种轻松的心态来进行视觉的探索，使用的技法与拉兹罗·莫霍利·纳吉接近，如中途曝光。还创造了“瑞式照片”，就是不用照相机，而是将某些事物直接置于光源和感光材料之间，再通过曝光来制作照片。

随后有些摄影家在“超现实主义”的启发和影响下，利用暗房加工和多次曝光等技巧，对一些互不关联的影像或使之变形，或反逻辑、超常态地组合在一起，创造出一种介于现实与幻想、具象或抽象之间的奇特荒诞而又神秘的不能明确言说的作品。

在德国，新客观主义对摄影有着很大的影响，新客观主义要求拍摄者隐身在事物的背后，让所拍摄的事物说出自己的话，强调对事物作客观理性的描述。摄影师关注更多的是

图3-6 曼·雷作品

图3-7 卡尔·布劳斯费尔德作品

现实中具有丰富细节的影像，选择普通的日常生活细节，自然地展现抽象世界——从变换的风景、不加修饰的肖像到盘根错节的植物形态的特写，从大自然万物的自然结构到冷漠的机械金属。在拍摄的技法上，非常重视精妙的光影效果，细腻的影调和清晰的细节。代表人物是卡尔·布劳斯费尔德（Karl Blossfeldt，1865～1932年）（图3-7）。

现代摄影实践不仅是对摄影影像的语言挖掘，而且它开创了一个自成体系的完整的语言系统。摄影作为一种观看方式，向我们展示了观看的多种可能性，从静态到动态、从宏观到微观、从实像到虚像等等，摄影的发展使人们的观看技术得以不断提高，使人们的观看经验呈现出多种可能性，从而冲破了长久以来统治西方的焦点透视或全景式的凝视方式。这种对传统凝视方式的突破，彻底改变了西方艺术几千年所固守的传统，带来了艺术创作的大变局。

三、国外当代艺术摄影

图3-8 杰夫·沃尔作品

后现代摄影开始于20世纪70年代后期，后现代其实是一个历史社会概念，指二战以后出现的后工业社会或信息社会，后现代主义是这一社会状态中出现的一种文化思潮，它张扬一种文化批评精神，力图打破传统形而上学的中心性、整体性观念，热衷于中心解体，无限制的分解、错位、差异与断裂。“不确定性”、“零散性”、“无深度性”、“不可表现性”、“非原则性”是后现代主义的典型特征。后现代摄影正是在后现代主义时代土壤中成长起来的，后现代摄影的最主要特征之一，是摄影与美术之间的混合。在西方，摄影已经被许多美术馆和画廊接受，认为摄影是当代一种重要的艺术表现方式。许多画家开始重新关注摄影，并在绘画中灵活运用图片，画家的参与，使摄影的发展又具有了若干可能性。也有许多摄影师模仿绘画作品的风格，如德国艺术家格哈特·里希特曾经说过，照片是最完美的绘画。因此在后现代的艺术中，摄影与绘画的互相渗透已经无处不在。在当代，摄影已经不再是一种艺术形式，一种对于语言的探索，摄影逐渐成为一种工具，摄影师积极地就社会、政治、民族、经济、性、传统等等问题表达观点。比如巴巴拉·克鲁格用她的一幅有着商业广告面目的作品挑战男权社会；杰夫·沃尔对种族、政治、社会犯罪、移民等问题进行思考，通过事先精心的场景设计，找专业演员表演，最后以灯箱的方式加以呈现（图3-8）。美国女摄影家裘迪·戴特以夸张的表演方式，通过自拍来展现中产阶级女性的空虚的生活（图3-9）。英国女摄影家琼·斯彭斯通过对她自己的相册中的纪念照片的重新梳理揭发了一个由男性中心文化来规范女性思想及行为的秘密。雪莉·莱维用复制翻拍摄影史、美术史名作的方式质疑经典的原创性原则。辛迪·雪曼的早期作品其实是对美国好莱坞电影图像的挪用（图3-10）。对于后现代摄影家来说，现实不再重要，他们从直接到现实中寻找拍摄题材，逐渐转向创造自己想象中的图景。法国摄影家贝尔纳·弗孔（图3-11）用许多儿童人体模型摆设起一个虚拟的、童年时光的场景，在这个场景中也有真人的少年，在真实与虚幻之间演绎了摄影家个人私秘的情感。美国年轻女摄影家安娜·卡斯克尔也是以导演的手法来重现了名作《爱丽丝漫游仙境》中的场面（图3-12）。身体是后现代摄影师所钟爱的一个话题，人体不再是审美领域的东西，而承载了社会、政治及经济等很多方面的内容。巴巴拉·克鲁格说，你的身体是一个战场。

图3-9 裘迪·戴特作品

图3-10 辛迪·雪曼作品

在后现代艺术里，摄影虽然呈现了多种可能性，且愈演愈烈，但摄影的纯粹性并未因此丢失，摄影家在借鉴他者的同时，更注重对摄影的全面控制而不是依靠偶然性。在拍摄中强调观念主导，风格统一，对主题理性把握。如杉本博司的作品体现出对时间的思考

（图3-13）。

同样纪实摄影也有相应的变化，本来纪实摄影不属于艺术摄影的范畴，但由于一些摄影家作品中出现对客观性的质疑，而客观性恰恰是纪实摄影的根本点，在这些摄影家的作品中客观性不再是不可打破的了。如罗伯特·弗兰克（图3-14）、威廉·克莱因（图3-15）的作品都极其个人化，他们从自身的经历出发，用图片来表达对世界、社会和人的理解，有的摄影家用客观纪实的摄影成为个人私秘感情生活的记录，如南·戈尔丁（图3-16）。

图3-11 贝尔纳·弗孔作品

图3-12 安娜·卡斯克尔作品

图 3-13 杉本博斯作品

图 3-14 罗伯特·弗兰克作品

图 3-16 南·戈尔丁作品

图 3-15 威廉·克莱因作品

四、中国当代艺术摄影

摄影术产生于1839年，在随后的10年里就传入中国，至今已有100多年的历史。在中国，摄影的主流一直是新闻现实主义，摄影仅作为新闻宣传的工具。进入20世纪90年代初期与中期，中国出现了一股纪实摄影的热潮，一些摄影家关注现实问题，拍摄了大量的社会生活题材，纪实摄影在这段时间有了相当的发展与成果。到了90年代后期，社会背景有了很大转变，艺术摄影渐渐显露出锋芒。

中国的当代艺术摄影开始于20世纪90年代初。最初这些所谓的先锋艺术摄影萌芽以及后来围绕摄影为核心所产生的众多影像实验和观念性的作品，主要是被作为一种观念艺术视觉表达的手段，以及作为记录观念艺术和前卫表演的媒介。1995年前后，行为艺术和观念艺术在北京等地达到一个高潮。摄影和观念艺术、行为艺术的最初关系只是一种记录和被记录的关系，但很多艺术家在记录照片产生之后，发现记录的摄影形态具有半独立的视觉形态，这种形态超出了艺术家原先的观念范畴，具有原先没有预想到的视觉魅力。之后更有艺术家事先用拍照方式察看观念艺术方案的可能性。而后很多观念艺术家和行为艺术家发展成了为镜头而表演，将摄影形态设定为观念艺术的最后呈现形态。因此有人把这种摄影方式命名为观念摄影，批评家和艺术家又分别从不同的角度为之命名：新影像、新摄影、新概念摄影、先锋摄影、前卫摄影等等。不管对于该类摄影的称呼是什么，重要的还是要看一个艺术家是否真正创作出了好的作品，图像自身应具有可辨识的观念性和自身价值。

观念摄影家们从广泛的文化层面介入，通过摄影这个可以与社会生活发生多种联系方式的媒介来说出自己的感受。当代艺术摄影家中较为突出的有洪磊、庄辉、王庆松、白宜洛、刘铮、王宁德、韩磊等。

洪磊的作品体现了他对中国传统文化、传统美学的一种理解。在他的作品中，可以找到大量的传统建筑，苏州园林、紫禁城，还有传统艺术样式，比如采用团扇、折扇、镜片画的中国传统绘画的构图形式，放大构图尺寸。他对苏州古典私人花园和故宫进行虚拟性的配景和粉饰，苏州私家园林几乎被改造成了一种血色迷梦的现代性残酷仙境（图3-17）。他认为中国园林既是对自然的模仿，也是对自然的超越。同时，它也是传统文化的

图3-17 《园林》 洪磊

图 3-18

理想与美学标准。

庄辉的作品一直都以人群为主题，他的拍摄对象包括学校、工作单位、政府机构等等。在留念合影的作品里，人数甚至可多达350个。在他的作品中，每个人在人群中都简化成了一个整体概念，似乎整个社会或每个单位里所展现的只是一个集体，个人价值已经消失不见。然而庄辉还是企图探求个人的价值和生活的意义，在"一个和三十个"的作品中，他将30张照片并列，每一张看来都很相似，都有他自己在其中，然而身边的另一个人却不相同。他以精炼的手法，呈现同一化的世界底下每个人不同的生活切面，表现集体意识中的个人意识，重复的节奏中看见了实际生活面貌的多样性和生活的真实性。而且，当岁月流失得愈久，它的意义就愈加突显，将唤起未来人对一个消逝了的久远时代的记忆——艺术见证的力量由此而生。(图 3-18)

王庆松的作品是非常反讽的，他把自己扮演成当代流行文化中相关的各种媚俗形象，如《思想者》、《拿来千手佛》，图中虽然有一佛家弟子在打坐，神情专注，但仔细观看却发现佛家弟子胸前的"万"字符号已经变成了麦当劳的标志，手里拿着各种名牌产品，原来的僧侣袈裟也只剩下一条花裤，白菜、垃圾桶的底座取代了圣洁的莲花宝座。这种对时尚、名牌、外来文化宗教般的"崇拜"，反映出当代人在消费社会中迷失方向，失去信仰，被物欲所控，具有一定的典型场景。

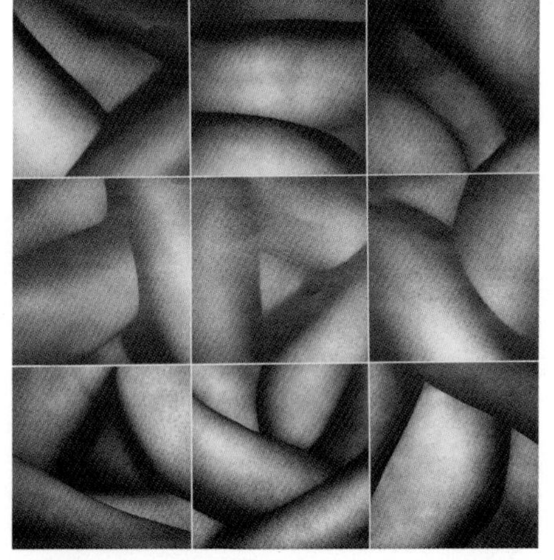
图 3-19 白宜洛作品

白宜洛的作品是审美的、非叙事的、反感性的。他比较关注微小的、细节性的东西。如《苍蝇》，这个主题在他的作品中有两个不同的形式，一个是几十万只白苍蝇密密麻麻地散布在黑衬底上。如果不是受到作品标题的暗示，很容易认为是显微镜下的病毒或者是天文射电望远镜里显示的太空星云。另一个形式为《红黄蓝绿紫》。在由五种高纯度的五个正方色面组成的五联作品中，一只苍蝇粘在每个色版的正中间。大面积的、纯度高的颜色与写真的苍蝇形成强烈的视觉和心理反差。虽然艺术家借用现实生活中特定的视觉符号，但在编织视觉游戏时，又尽可能地削弱符号本身在人们印象中的功能性，符号原来的现实语境被抽离，而作为医学或生物学的标本而挪置到泛技术化的背景中。物体自然性的真实感受到质疑，或者变得无足轻重。艺术家感兴趣是传达一切被解构、被理性分析之后，人类生命感觉的蜕变。(图 3-19)

图 3-20 刘铮作品

刘铮的摄影只有一个主题：中国人。组成这个庞大作品《国人》的形式非常多，既有传统文化样式如京剧中的戏剧人物形象，或现代文化装置如博物馆中的泥塑人物，也有来自当代中国社会各个层面的人物形象，如囚犯、僧侣、劳动者、村民、童工等。此外，这个作品群中还出现了不少与传统审美观与价值标准相违背的尸体与畸型儿标本。刘铮以具体、丰富的中国人形象，精心地将历史与现实组织于一个又一个幻想与现实、日常与超日常、历史记忆与事实真相纠缠不清的画面中，建构起他个人与中国历史和中国现实的关系，同时，他也通过摄影探索，重新建构起摄影与记忆、摄影与现实等的各种关系。(图 3-20)

王宁德作品《某一天》展示了一幅带有梦幻和荒诞色彩的图卷。每张作品中的每个人，虽然身处不同的地方，不同的情景中，置身于变化多端的排列组合之中，但他们都一致地在照相机面前闭起了眼睛。《某一天》是一种证明，证明现实与记忆之间奇妙的相互关系。现实如果没有记忆作为底色，现实也许就非常苍白；而记忆如果没有现实这面镜子检验，记忆本身就成为一种没有现实感的梦呓。艺术家故意利用这种虚假的形式，有效地达到了揭

图 3-21

图 3-22

示记忆真实性的目的。在技术上，艺术家着力保留了摄影本身的特性，这两方面的结合，使得这些作品显现出锋利、厚重和纯粹的特征。（图 3-21、图 3-22）

韩磊的作品《铁路与人》，尽管表面看来是纪实摄影，但实际上他采用的是西方20世纪70年代的纪实方式，他想表现的不是生活在铁路沿线的人的状态，而是他个人内心的感受，对世界的看法，总的说来他的作品有一种无法走进的感觉。（图 3-23、图 3-24）

当代这些摄影艺术家创造出的大量影像，远远超过了以往摄影的明确用途。他们对摄影的拓展已经接近对整个摄影系统各个层面的元素的使用，从物理特性、图像性、器材、制作方式，一直到摄影的概念、摄影史、类型摄影的符号学含义等，之所以还被称为“摄影”，就是因为这些艺术摄影作品仍然以摄影图像本身为话语核心。

摄影的方式已经不限于单纯地将摄影限定在对现实的记录和艺术影像的制造上，而关系到利用摄影概念、摄影图像性、摄影的时尚和社会身份、摄影的新闻经典、老照片的历史感，以及反摄影技术LOMO照相机的使用，还有利用扫描仪扫描物品等与摄影有关的所有层面。摄影“艺术化”的问题在当代已经变得没有意义，或许将当代艺术摄影的定位为通过影像来表述艺术家独特的精神表现方式更为合适。

思考与练习：

1. 艺术摄影的风格是固定的吗？为什么？
2. 现实主义为主的摄影风格与画意摄影唯美的摄影风格区别是什么？
3. F64的摄影风格特征是什么？并举例说出代表人物？
4. 两次世界大战之间的欧洲摄影发展较之以往的摄影有何不同？
5. 什么是后现代主义？它的典型特征是什么？
6. 后现代摄影的最主要特征是什么？
7. 后现代摄影对原先意义上单纯的摄影含义有何突破？

图 3–23

图 3–24

第二讲 商业摄影

商业摄影是一个以传达商业信息为目的,服务于商业行为的图解性摄影艺术和摄影技术。商业摄影以摄影为表现手段,以商品的销售或公益性理念的宣传为目的。商业摄影通过摄影图片来传递商品信息,宣传某种观点,最终影响人们的消费倾向,从而达到销售商品的目的。(图 3-25)

评价商业摄影成功与否的标准,在于其对消费者或商业活动对象影响力的大小,在于商业促销成绩的大小。这种明确的功利性倾向是现代商业摄影的专业性特点。

商业摄影包括很多种类,分类的方法也根据角度的不同有很多种。掌握和了解商业摄

图 3-25 商业摄影通过图片来传递信息，最终达到销售目的

影的分类,有利于商业摄影师从整体上把握各类题材的特征,从而更加深入地研究广告摄影的技术技法、运用特点和宣传作用,也有利于摄影爱好者了解和学习商业摄影。我们从拍摄技术的角度对被摄对象进行分类,可以分为时装摄影、食品摄影、室内摄影、建筑物摄影、大型机械摄影、商业风光摄影、商业人物摄影(图 3-26)和商业静物摄影(图 3-27~图 3-30)这八类。这种分类方式基本上可以满足对不同被摄对象以拍摄技术进行归类的需要,是一种被广告摄影制作人员普遍接受的分类方式。图 3-31 属于建筑摄影类,建筑摄影中大画幅照相机或者移轴镜头被广泛使用,主要目的是纠正透视变形。由于大画幅照相机可以调整透视变形,在建筑摄影中还可以自由地控制水平线和垂直线,因此可以很好地再现建筑本身的特点。

商业摄影作为商业整体活动的一部分，还有着其必须符合商业行为的设计要求。因此，也可以按照广告对象各不相同的设计特点，以及所接触的不同类型的客户进行归类，可以分为产业摄影、服务业摄影和消费品摄影这三类。消费者是通过同具体的广告媒体接触来接受摄影图片的。不同的广告媒体所接触消费者的方式也各不相同，而且不同媒体对于广告摄影的设计和制作要求也不相同，唯有完全适应媒体的特殊要求，广告摄影才能够发挥其应有的作用（图3-31、图3-32）。从媒体和摄影画面结合关系的角度来区分广告摄影的类别，又可以分为包装摄影、报纸杂志广告摄影、招贴摄影、商品目录摄影这四类。上述三种分类方式是商业摄影基本分类形式，在进行具体的商业摄影的设计和制作过程中，应该根据不同的制作阶段、不同的设计要求进行科学地分类和研究，以满足特定的

图3-27

图3-28 商业产品摄影

图3-26 商业人物摄影

图3-29 商业产品静物摄影

图3-30 商业静物摄影

图 3-31 广告摄影——吉普车

图 3-31 建筑摄影

图 3-32 广告摄影——新雅途汽车

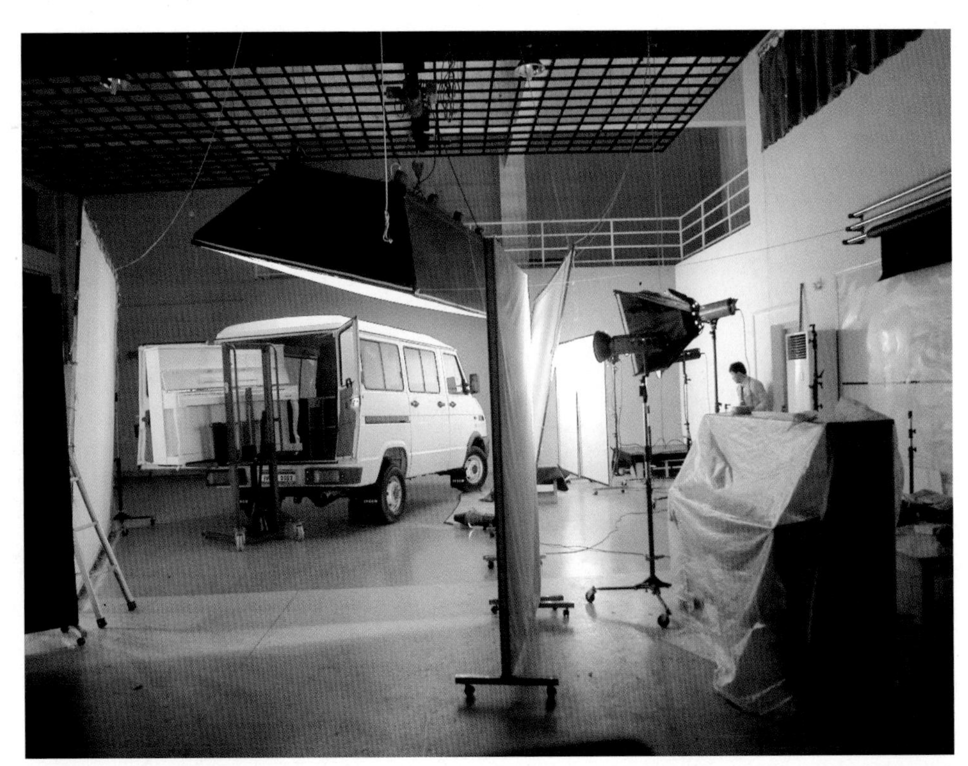
图 3-33 南京师范大学摄影教学实验室

图 3-34 南京师范大学摄影教学实践

需要。(图 3-33、图 3-34)

商业摄影的表现手法一直在不断地更新和变化。总的来说，商业摄影按照其传递信息的方式主要可以分为写实摄影和写意摄影两大类。

写实性商业摄影传递商业信息的方式比较直接，也很直观(图 3-35)。写实性的商业摄影以表现商品本身的特点为主要目的。写实性商业摄影主要通过摄影手法使观众对商品的外形、质感、色彩有一个全面的了解。写实性商业摄影以再现产品特性为主，在商业摄影中有极为广泛的应用，尤其是商品目录摄影。写实表现手法不仅要求摄影师逼真地还原被摄物体，而且要求摄影师在真实反映被摄体的前提下，尽量运用线条、影调和色彩等造型语言，使得作品标新立异、独树一帜 (图 3-36 ~ 图 3-38)。啤酒、手表拍摄的手法就

图 3-35 写实性商业摄影

图 3-36 写实性商业摄影

图 3-37 写实性商业摄影

图 3-38 写实性商业摄影

是典型的写实性商业摄影。

写意性商业摄影往往通过摄影画面传达一些抽象信息，通常不是只为表达一个固定的对象，而是通过对环境气氛、场景的塑造和渲染来表达一定的理念，从而达到影响观众的目的（图3-39）。香水广告和牙膏广告就是传达特定的气氛，让消费者产生一系列的联想，从而增加对商品的印象。写意性商业摄影作品常会运用一些特殊的艺术表现手段，将商品的魅力或受众占有商品后的快感通过画面含蓄地表现出来。写意表现手法发挥创意的余地较大，印象派、超现实主义和象征主义手法较为常用。汽车广告就是采用超现实主义的手法表现出了汽车的特性，画面巧妙地将汽车和火车结合在一起，增加了画面的趣味性（图3-40）。超现实主义手法主要运用特技摄影、暗房特技或电脑技巧，将作品中的影像加以夸张、变形或重新组合，创造出一种现实与臆想、具象与抽象相混合的荒诞和神秘的境界。运用超现实主义手法表现的广告作品不仅视觉冲击力强，而且发人奇想、耐人寻味。印象派手法受印象派绘画影响，采用“软调摄影”，追求模糊、蒙胧的效果，容易使照片充满浪漫、超凡的气息，它一般多见于时装、首饰和化妆品等广告摄影中（图3-41）。象征主义表现手法是将商品本身不易引发的、或用文字不易表达清楚的一些较为抽象的意念，用具体形象的东西表现出来。这种表现手法需要合理的象征和较深刻的立意，否则反而会弄巧成拙。

思考与练习：

1. 举例说明你身边观察到的商业摄影的应用实例，并由此归纳商业摄影的特点。
2. 按照普遍的标准，商业摄影有哪些分类？
3. 绘画技术在商业摄影中有怎样的应用？
4. 三种在广告摄影写意表现手法中常用的手法是哪些？说出他们的名字和各自的特点。
5. 运用你所学到的知识，分析某幅商业摄影作品的表现手法。

图3-39　写意性商业摄影

图 3-40 写意性商业摄影

图 3-41 印象派手法在商业摄影中的运用

第三单元　摄影的运用

第三讲　新闻摄影

1842年5月5日，德国汉堡发生了一场大火。比欧乌和史特尔茨纳拍摄下了许多现场的照片，这些照片大多散失，仅存一张。这次拍摄的这张照片成为世界上第一次新闻摄影活动和第一张新闻照片。160多年过去了，新闻摄影的技法和观念经历了一次又一次的变化，新闻摄影的拍摄与传播已达到了很完善的地步。新闻摄影的发展，离不开芬顿、布莱迪、海因、里斯、纳达尔、萨乐蒙、布勒松等新闻摄影先驱的探索与实践。他们的新闻摄影实践，既创立了新闻摄影的拍摄技法与原则，也促进了新闻摄影理论的建立与发展。在新闻摄影理论方面，爱默生的“自然主义摄影”、布勒松的“决定性瞬间理论”（图3-42）、里斯与海因的“关怀摄影理论”、沙飞的“武器论”、洛伦特的“现代新闻摄影准则”及“图片编辑原则”等，不仅有力地推动了新闻摄影的发展，也确立了新闻摄影在新闻传播领域及整个社会中的地位。

图3-42 《决定性瞬间》 布勒松

一、新闻摄影的定义

广义上讲新闻摄影是一门学科，在狭义上有两种理解：一是指新闻摄影的采编活动，二是指新闻摄影的作品。为了科学地分析新闻摄影的本质和新闻摄影的定义，必须严格将它与其他的新闻报道形式区别开。首先，新闻摄影是新闻报道的一种形式，主要目的是传播信息。新闻传播规律要求新闻报道的真实性与客观性，不要掺杂主观的个人情感，这是新闻摄影与其他摄影最本质的差别。其次是以摄影技术为手段，所以又有摄影技术的特性。新闻摄影是摄影技术与新闻报道相结合的产物，但两者不是简单机械的结合，而存在着主导与配合的关系，新闻是主导，它决定着新闻摄影的目的、内容与方法手段，摄影处于配合地位，只是一种手段。根据以上几个方面，可以为新闻摄影下一个更为科学的定义：新闻摄影是对正在发生的、具有报道价值的新闻事实，通过现场选择抓拍的手段、摄取特定的瞬间形象，并结合必要的文字因素来进行新闻报道的一种形式。在这个定义中，需要关注若干界定性的内涵：（1） 新闻报道的规定性。这是内容、性质的规定，它与新闻报道的其他形式相同，但将新闻摄影与其他类型摄影（商业摄影、艺术摄影等）区分开。（2）可视形象性。它将新闻摄影与文字新闻、广播新闻等新闻报道形式区分开。（3）特定瞬间形象性。从画面形象的形式上将新闻摄影与电影、电视新闻报道形式区分开。（4）现场规定性。它是新闻摄影采摄的地点规定。（5）正在进行时。（6）选择抓拍。（7）包涵文字因素。

二、新闻摄影的特性

新闻摄影有新闻性、真实性、形象性三个基本特性。在艺术摄影中可以通过想象表现在现实生活中并不存在的人和事，在新闻摄影中只能拍摄在现实生活中真实的、正在发生的事与人。真实是新闻的生命，但并不是所有的真人真事都值得去拍摄。

1. 新闻性

新闻价值决定拍摄内容，所谓新闻价值指的是社会对该新闻事实需要和关注的程度。在具体拍摄时可以从该事件的重要程度、事件对人们的接近程度、事件的趣味性和知识性等去判断和取舍，对新闻价值规律的掌握可以帮助我们提高新闻敏感性。只有从新闻价值规律出发，从生活出发，从读者出发，才能在复杂的社会事件、现象中找到新闻线索，拍摄出具有价值的新闻图片。

在新闻传播规律中，还有对新鲜性、时效性等要素的要求。新鲜性指的是报道的事实新、角度新。所发生的新闻在以前没有或较少见到就是事实新。角度新体现在立意新和形式特别上。一般情况下，突发性新闻的时效性都是较高的。

2. 真实性

新闻的真实性是新闻报道的基本原则，作为新闻报道的一种手段，必须遵守这个原则。新闻摄影的真实性还必须以摄影的纪实性为基础，摄影的技术特性就是逼真、记录。正是这种功能使摄影进入新闻领域，充分发挥着自己的独特功能。但是纪实性毕竟只是技术属性，它可以成为新闻摄影真实性的基础，但不能作为新闻报道的本质属性，因为还有拍摄对象、拍摄手段、报道传播方式等其他因素。新闻摄影的真实性就是处理这些因素的关系问题。

新闻摄影真实性的具体内容包括：被拍事物必须真实；摄影照片中的人必须是事件的当事人；新闻摄影时间、空间、人物是三位一体的；新闻摄影作品的形象必须真实；文字说明必须准确。

3. 形象性

新闻性与真实性都要通过形象性来体现，形象性的基本特征就是瞬间性。任何事件都是由许多个瞬间组成的，一旦把某一个瞬间从过程中抓取出来，变为独立的画面，它所呈现的视觉效果对事物本质的揭示会有很大的差别。有的瞬间能够很好地表达主题，而有的会起相反的作用。其次是对拍摄视角的选择，不同的视角所见事物的形态是不同的。因此对于瞬间的选择是有规定的，这个瞬间应该是能够真实反映事实，又具有鲜明的形象决定性的瞬间。"决定性瞬间"理论是由卡蒂尔·布勒松提出的，他出版了一本《决定性瞬间》的书，提出"生活中发生的每一件事件里，都有一个决定性时刻。这个时刻来临，环境中的诸因素会排列成最具意义的几何形态。这个形态也最能显示这桩事件的完整面貌。有时候，这种形态瞬间即逝。因此，当正在进行的事件中所有因素都是平衡状态时，摄影家必须抓住这一时刻"。新闻照片是形象化的新闻，形象既要客观真实，又要生动，决定性瞬间的确定是新闻摄影形象性的重点。

三、优秀的新闻摄影照片需要具备哪些要素

图片新闻的文字说明，要求把与新闻事实有关的各新闻要素有机地结合在一起，文字说明的新闻要素包括：时间（when）、地点（where）、人物（who）、何事（what）、何故(why)、怎样（how）。

例如：《扬子晚报》上报道了来自第十届全国体育运动会的一条消息。新闻的开头是这样说的：2005年10月19日，在南京奥体中心十运会田径女了1500米决赛中，奥运会万米冠军邢慧娜以0.02秒的微弱优势力压山西选手刘青获得冠军。然而赛后，山西田径队的领队却向竞赛委员会提出了申述，竞赛委员会经过研究之后，取消了邢慧娜的成绩，将冠军判给了亚军刘青。

何人？邢慧娜。何事？田径女子1500米决赛的冠军。何地？南京奥体中心。何时？2005年10月19日。如何？邢慧娜被取消了成绩。

一段简洁的文字把所有的要素都包含了。一张新闻图片也应当尽量交代完成同样的信息量。通常何事、怎样、何人可以在画面内得到一定程度的表现，但大都无法做到像文字那样。不过，我们的目标应该是使照片尽可能包括这些因素。

摄影记者的首要目标是拍到照片，在画面内要出现尽可能多的细节与信息，画面在艺术形式上的完美都不如把握决定性的瞬间重要。

四、突发事件摄影

在新闻摄影中，把一些无法预知的，突然发生的事件称为突发事件。如自然灾害、交通事故、政治风波等等。一般突发事件都具有很高的新闻价值，因为会影响社会生活的正常化，影响当事人的命运，所以对读者会有较大的吸引力（图3-43）。

由于这类事件的发生不是可以预见的，所以一般这类照片的获得存在着偶然性。摄影记者要在突发事件的现场，否则根本无法获得照片，新闻摄影史上有很多突发事件的照片都是由刚好在现场的业余摄影爱好者拍的。摄影记者的职业敏感往往能帮助他们获得突发事件的新闻照片。

在突发事件摄影拍摄中最常见的错误是，摄影记者的兴奋点完全被事件的变化发展所吸引，全部的精力都放在拍摄上，而忽视对事件的采访，导致信息不够完整。所以在抓拍图片的过程中，还必须对事件的背景、经过及当事人的姓名、职业等若干细节做详细的了解，把这些信息补充在图片说明上，这样便于读者全面理解新闻。

偶发性事件的采访拍摄只是新闻摄影的一部分，摄影记者大量接触的是事先就知道的事件，而很多事件的发展有一定的程序，比如重要的会议，会议的主要人物，摄影记者对事件做充分了解之后，就根据经验可以判断出什么时刻的最佳拍摄角度在哪里等问题（图3-44）。

五、抓拍

新闻摄影的特殊性要求摄影记者在现场必须眼观八方，既能关注全局，又要不放过细节，在事件发展的时间与空间里截取一个瞬间片段。在抓拍的环节中，摄影记者必须做到

图3-45 抓拍

图3-43 突发事件

图3-44 预期新闻事件

图3-46 突发新闻

准确而迅速（图3-45）。

六、新闻摄影比赛

1．“荷赛”

学习新闻摄影还需关注一些重要的世界新闻摄影比赛，“荷赛”就是其中一个非常重要的全世界范围内的摄影比赛。“荷赛”是由“世界新闻摄影荷兰基金会”组织的全世界一年一度的新闻摄影比赛。其宗旨是：“在全世界范围内引起和增强人们对新闻摄影的广泛兴趣，传播信息并加强国际间的相互理解。”它创办于1957年，是当今规模最大、影响最广、也最具权威的世界性新闻比赛，被认为是代表世界新闻摄影水平和趋势的比赛。共有9类项目，分别是：突发新闻照片（图3-46）、体育新闻照片（图3-47）、新闻特写照片（图3-48）、新闻人物照片（图3-49）、科技新闻照片（图3-50）、艺术新闻照片（图3-51）、自然界新闻照片、快乐事件新闻照片、日常生活新闻照片（图3-52）。

2．普利策新闻摄影奖

普利策奖（Pulitzer Prizes）是美国一种多项的新闻、文化奖金，由美国著名的报纸编辑和出版家约瑟夫·普利策出资设立。

普利策1868年开始从事新闻工作，他的一生对美国报纸的发展有较大的影响，被人们誉为创办现代美国报纸的先驱者和示范者。1903年，普利策写下遗嘱，决定出资兴办哥伦比亚新闻学院和建立普利策奖金，由哥伦比亚大学董事会掌管他遗赠的基金。1911年10月29日普利策逝世。根据他的遗嘱，1912年开办了哥伦比亚新闻学院，1917年起设立了普利策奖。

普利策奖包括新闻奖和艺术奖两大类，其中新闻奖主要有：公共服务奖、报道奖、社论奖、漫画奖、批评评论奖、通讯奖、特写奖、新闻摄影奖等；文学艺术奖有小说奖、戏剧奖、诗歌奖、美国历史作品奖、自传或传记奖和非小说作品奖；音乐作曲奖1项。另外，还颁发2项特别奖。美国普利策奖的奖金为7500美元，但获得公众服务贡献奖的报道不得奖金，获奖的报社将得到一枚普利策金牌。首届普利策摄影奖是1942年颁发的。此后，除1946年外，每年颁发一次。从1968年开始，摄影类增设了专题新闻摄影奖，获奖作品通常由一组照片组成。

图3-47 体育新闻

3．中国国际新闻摄影比赛（CHIPP，China International Press Photo Contest）

中国国际新闻摄影比赛，简称“华赛”，是中国新闻摄影学会举办的国际性新闻摄影比赛。首界华赛于2005年3月25日在深圳举行。此次大赛的主题是：和平与发展。来自全世界的摄影家和新闻记者们将手中的镜头定格于“和平与发展”这个大主题，竞夺来自东方中国的世界新闻摄影专业大奖。参赛照片围绕保卫、坚持世界的和平事业，发展、繁荣世界各国的经济和科技文化等，表现和平、经济和科技文化等诸多事业中的成就、冲突和解决矛盾的过程，表现人类生活的变化和进步，表现人的命运、情感、意志和力量。法新社记者法利斯-阿勒德利米的作品《受伤的伊拉克儿童》最终赢得各国评委的青睐，获得此次中国国际新闻摄影比赛“年度最佳新闻照片奖”。

4．中国新闻摄影奖

由中华全国新闻工作者协会与中国新闻摄影学会主办。目前共设五个奖项：

（1）中国新闻摄影总编辑慧眼奖。凡新闻单位的社长、总编辑们均可参评。共20名，其中金奖10名，银奖10名。

图 3-48 新闻特写

图 3-51 艺术新闻

图 3-49 新闻人物

图 3-50 科技新闻

图 3-52 日常生活新闻

（2） 中国新闻摄影记者金眼奖。新闻摄影记者均可参评。共20名，其中金奖10名、银奖10名。

（3）中国摄影图片编辑金烛奖。报刊社新闻图片编辑均可参加评选。共10名，其中金奖5名、银奖10名。

（4）中国新闻摄影研究金笔奖。对新闻摄影理论研究者均可参加评选。共10名，其中金奖5名、银奖5名。

（5）中国新闻摄影组织工作金牛奖。新闻摄影组织工作者均可参加评选。共20名，其中金奖10名。

5. 中国摄影金像奖

1988年2月，中国摄影家协会做出了一个在摄影界有重大影响的决定——为表彰和鼓励成绩卓越的摄影家，设立中国摄影金像奖。金像奖的设立，标志中国摄影艺术已日趋成熟。

1995年，经中央主管部门批准，中国摄影金像奖成为常设的13个文艺门类的全国性奖项之一，也是摄影专业的顶级大奖，与电影金鸡奖、电视金鹰奖、戏剧梅花奖等并列，是中国摄影艺术的最高奖。自1996年第四届中国摄影金像奖评选开始，该奖由中国文艺学术界联合会、中国摄影家协会联合主办和颁发，迄今已历5届。伴随着摄影事业的发展，金像奖由最初的创作、组织工作和特别贡献3个奖项增加到创作、组织工作、理论评论、教育、图片编辑和成就奖6个奖项。

思考与练习：

1. 什么是新闻摄影？
2. “自然主义摄影”理论是谁提出的？
3. 布勒松的“决定性瞬间理论”对新闻摄影的发展有何影响？
4. 新闻摄影有哪三个基本特性？
5. 为了让画面的视觉效果具备震撼力，可以摆布拍摄主体吗？
6. “荷赛”是什么类型的比赛？其宗旨是什么？

第三单元 摄影的运用

第四讲 生活娱乐摄影

照相机的完善和普及，使摄影轻而易举地进入了寻常百姓家，摄影再也不是奢侈的消费、再也不是早期少数专家们的使用专利。随着互联网及数码技术的发展，摄影与人们的生活更是息息相关，摄影由原来的选择性记录、单纯性欣赏保存、相对局限创作功能，变成了无所不包、可随时随地抓取物象画面进而进行后期制作并即时传输画面信息的，集使用消费、娱乐欣赏为一体的全新的高科技艺术。摄影成为最贴近大众生活的艺术，成为人们生活的一项重要内容，成为增加生活乐趣的重要部分。人们可以随时随地记录下自己遇见的生活片断。它可以记录人们生活的一个个瞬间；可以记录一个人出生和成长的各个阶段；可以记录一个家庭的和睦、欢乐和幸福（图 3–53）。用图片说话、做图片日记，甚至成为今天人们的一种新兴的生活方式。

一、家庭生活摄影

生活摄影是一个比较大的范畴，它有广义和狭义之分。广义的生活摄影，包括了人像、社会纪实、民俗风情、室内环境、实用静物等的拍摄，因为这些内容都与生活有关。狭义的生活摄影，以拍摄个人家庭生活的题材为主。家庭生活可以拍摄的内容很多：家庭的聚会、个人的业余爱好、儿童的成长等，形式很丰富，但拍摄的活动范围不大，对象也比较固定。既可以抓取家庭生活中有趣的瞬间，也可以留下值得纪念而富有意义的时刻，还可以拍成系列专题，如以表现某人的成长史为主，从小宝宝出生到长大成人，不同时间、不同年龄、不同服饰、不同环境，真实地反映某人的成长经历、兴趣、爱好，以及与家人、亲朋好友之间的联系，常年积累，形成跟踪式的系列（图 3–54、图 3–55）。同时，

图 3–54 开心一刻

图 3–53 保留每一刻欢乐时光

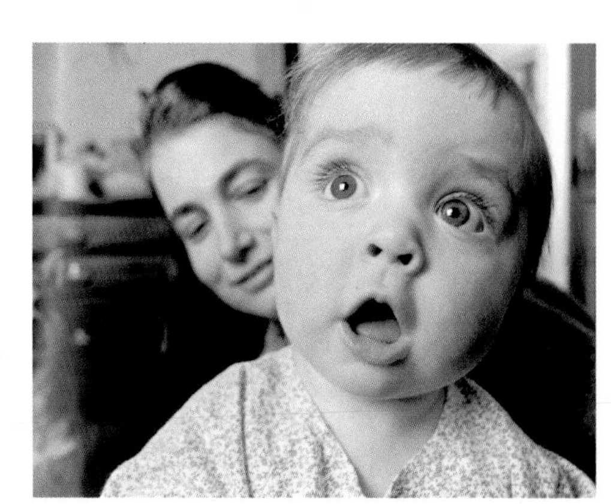

图 3–55 成长的历程

亦可拍摄小型的专题，如一次生日聚会、一件小制作或一次家庭比赛、一场亲属的婚礼、一次亲友的交往活动等。拍摄家庭生活照片以表现情节性与趣味性为主，人物的外貌要交代清楚，神态姿势力求自然真实，以真实的生活环境作背景，并力求清晰可辨（图3-56、图3-57）。只要用心观察，是可以拍到很多既有生活情趣，又具有一定历史价值的照片的。

凡以家庭生活为题材的摄影活动，即为家庭生活摄影。家庭是社会的细胞，也是娱乐的主要阵地，在家庭中进行各种正当的娱乐活动，可以促进家庭的和谐，使家庭生活更加幸福美满（图3-58）。家庭生活摄影有着丰富的内涵，它不仅包括人们平常喜闻乐见的娱乐项目，而且还包括了日常生活中一些怡情养性、愉悦身心的活动。家庭生活摄影有着极其广泛的群众基础。家庭生活本身就是极其丰富的，这些丰富多彩的生活为摄影提供了极其丰富的素材。家庭生活摄影的表现形式也十分活泼，它与工业、农业、体育、舞台等摄影不同，它没有较多限制，拍摄十分自由，没有条条框框，一般不受时间、环境、气候的

图3-56 记录每一次成长

图3-57 自娱自乐

图 3-58 点滴传情，柔情脉脉

图 3-59 沙滩嬉戏，尽享欢乐

图 3-60 沙滩嬉戏

图 3-63 请问罗马怎么走?

约束（图 3-59、图 3-60）。

家庭生活类照片，一般为留念性质，比如全家福、生日照、旅游照、婚礼照、毕业照等等。这类照片是为留下某个家族、个人或者朋友之间的亲情、友情、爱情的一种“证明”，目的是人们有思今忆昔的“物件”，是为自赏、自乐、传于后人（图3-61、图3-62）。

二、旅游摄影

外出游览摄影，是生活娱乐类摄影的又一大分支（图 3-63、图 3-64）。人们旅游的目的不只是为了到达目的地，记录途中的经历也是旅游的重要部分。旅游摄影就担负了记录旅游者在游览时的所见、所闻、所历、所感的重要使命。总的看来，旅游摄影有如下的几个特点：

首先，旅游摄影讲究人景并重。旅游的这种异地性特点，要求旅游摄影既重景物又重人物，既要求人物形象生动自然，又要求景物具有较强的美感和特征。

其次，旅游是一种极富乐趣的娱乐活动，旅游摄影是旅游活动的忠实记录。因此，画面是否生动自然，有无浓厚的生活气息，往往是一幅旅游照片成败的关键。

再次，旅游摄影取材也十分广泛。珍稀动物、旖旎秀丽的自然风光、别具情趣的风土人情等都将大大地开拓视野（图 3-65）。

拍摄旅游图片大致要做到以下几点：

第一，制订一个切实可行的旅游计划。比如，是长途旅游还是短途旅游，是一个旅游

图 3-61 美好生活，尽情欢乐

图 3-62 捕捉生活中的片断

点还是几个旅游点，时间的长短等等。如果是初次旅行游览，当然比较缺乏旅游经验，应尽可能地了解所去地方的交通特点及风光特点。

第二，身体的准备。根据具体情况，确定全程坐车还是途中需要步行，是否上山，是否需要食物、药品以及旅游专用的服装、鞋帽等（图3-66）。

第三，摄影器材的准备。事先需要检查照相机有无故障。有些条件比较好的爱好者，考虑到外出旅游机会难得，会把所有的器材都带上。准备器材时，不能忘记保护器材的物品，如防水塑料袋、雨伞之类，否则遇到倾盆大雨时将无法应付（图3-67）。

三、风光摄影

风光摄影题材很广泛，包括名山大川、森林原野和名胜古迹、城市风光、湖滨公园等一切大自然景物（图3-68～图3-71）。

在拍摄一张“简单”的风景照片时可能会不得不受天气（好天气也许会比坏天气问题更多）、地理（太阳是不是肯定会在那个地方落下去）、生物学（植物是否处在最佳生长期）、地形学（最佳拍摄点是在陡峭的山脊上）等问题的制约。因此，一幅好的风光摄影作品，应该是“天时、地利、人和”三者和谐统一的结果。作品，应该是“天时、地利、人和”三者和谐统一的结果。

图3-64 民俗、民风、体验世界风

风光摄影的手法可归纳为知时、观势、表质、观伟四点。知时即有效地把握恰当的时机；观势是指观察拍摄景物的整个环境和形势；表质是指表现景物独特的本质；观伟的关键是在于抓景物的特点、气派。

风光摄影的范围很广，上至天空，下到田野，山川原野、海洋湖泊、沙漠盆地、花草树木、岩石土丘……都是风景摄影的取材范围。甚至包括一些名胜古迹、人文景观和人、动物在大自然中的活动，均可以作为风光摄影的内容，但被摄主体必须是大自然。

风光摄影分为山河原野、人工景观和自然景象三大类。

风光摄影的用光和曝光，比一般摄影更为讲究。一般摄影只要求主体景物曝光准确、用光得当就可达到创作目的，而风光摄影要求整个画面的景物曝光都要达到某种特殊要求。

景深、光圈、快门是决定照片质量的关键环节。三者选择运用得当，有效地统筹配合，不仅可以取得高质量的影像，而且可以增强画面的纵深感、立体感和动感，并可以极大地增强影像非凡的艺术表现力、冲击力和张力。

构图布局也是一个重要的环节和步骤。

摄影的构图布局，内容很庞杂，是个系统工程，这里不准备详细地进行讲述，我们只选择风光摄影构图布局中必须重视的几个方面谈些看法，共同研究。

图 3-65 不同的地理地貌，风土人情

第一，使景物在画面中各得其所。在现实面前，自然风光总是存在着远景、中景、近景之分。因此，在拍摄前我们应该明确所要拍摄的是远景、中景还是近景，当然有的风光照片也有特写镜头。如果拍摄前不能明确，就会影响自己拍摄风光照片的目的。有人认为：一张风光照片中，既有远景、中景和近景，并在中景的位置，有旅游的人打着色彩鲜艳的花伞作为点缀，就是一幅完整的风光照片。其实，风光照片出色与否，不一定要具备一个统一的标准，有的照片要表现远景，有的照片要表现出中景的优点，也有的清楚地表现近景。另外，适当安排好主景和衬景，也是拍摄风光照片的重要原则。一般风光照片只有主景而没有衬景，就显不出风景纵深的气势。只要拍摄思想明确，就可拍摄到自己认为理想的风光照片。

第二，拍摄风光要选择好角度。拍摄角度选择得当，才能拍摄到理想的风光照片。平视给人以均衡、稳重、平静之感；仰视所拍摄的景物会产生雄伟高大的效果；俯视拍摄的照片，在画面中把地平线或水平线提得极高，甚至有些风光照片看不到地平线和水平线，画面显得比较干净。

第三，要重视拍摄时机。有很多摄影爱好者，对风光照片的拍摄注意了角度的选择，却又忽视了风光照片的拍摄时机。风光摄影师为了获得光线的最佳效果，他们会在选好的拍摄点上，严阵以待等上几个小时，以求得到满意的光线效果。我们要学会耐心等待，反复观察比较，掌握适当的拍摄时机。

思考与练习：

1. 生活娱乐类摄影分为几类？
2. 家庭生活摄影应该注意什么问题？
3. 旅游摄影中应该注意什么问题？
4. 风光摄影中应该注意什么问题？

图 3-66 户外体验，冰雪风行

图 3-67 感受大自然，接触新鲜空气

图 3-68 风光摄影

图 3-69 亲近自然，悠闲生活

图 3-70 风光摄影

图 3-71 自然魅力，迷人风光

附录　摄影技术问答

1. 什么是照相机?

答:照相机是通过光圈、快门、镜头等装置的配合，把所看到的景物用感光胶片或电子媒介的方式逐张拍摄下来的工具。一般由机身、镜头、快门、光圈、取景器、对焦验证装置、测光系统、影像记录媒介等组成。

2. 照相机的常见分类标准有哪些?

答:根据图片的存储方式不同,现代相机可以分为传统的胶片照相机和使用影像传感器成像的数码照相机;根据使用胶片的尺寸不同，可以分为大画幅照相机、120照相机、135照相机;根据照相机光学取景器的取景方式不同，可将照相机分为反光取景式照相机、旁轴平视取景式照相机和机背取景式照相机;根据相机操作方式不同,可以分为手动调节照相机与自动调节照相机。

3. 根据图片的存储方式，如何划分照相机?

答:根据图片的存储方式不同，现代相机可以分为传统的胶片照相机(Film Camera，简称FC)和使用影像传感器成像的数码照相机(Digital Camera，简称DC)。

4. 什么是传统照相机?

答:区别于现代数字技术，采用传统的感光胶片记录被摄物影像的照相机，都可称为传统照相机。传统的成像技术可以追溯到1839年法国达盖尔发明的银版摄影法。

5. 什么是数码照相机?

答:采用数字成像技术摄取和存储景物影像的照相机，称为数码照相机。数码照相机最突出的特点是采用存储卡而不是常规的感光胶片来记录影像,具有影像可直接显示、存储、处理、打印和直接传送的特点。

6. 根据使用胶片的尺寸，照相机可分为哪几类?

答:在使用胶片的传统照相机中，根据使用胶片的尺寸可以分为大画幅照相机、120照相机、135照相机。

7. 什么是大画幅照相机?

答:大画幅照相机又称机背取景式照相机，分为单轨和双轨两种。使用的胶片都是散页片，面积有4英寸×5英寸、6英寸×8英寸和8英寸×10英寸几种。大画幅照相机的操作技术性强，成像画质好，常用于广告、风光和建筑摄影。

8. 什么是120照相机?

答:120照相机又称中画幅照相机，使用120或220胶片，根据不同相机和后背，画幅大小可以分为6厘米×4.5厘米、6厘米×6厘米、6厘米×7厘米、6厘米×9厘米、6

厘米×12厘米。120照相机的画幅比大画幅照相机的小，但比135照相机的大，放大时有一定的优势，与大画幅照相机相比，操作简便，便携性好。

9. 什么是135照相机?

答：135照相机使用35毫米胶卷，所以也称35毫米相机，是现在世界上普及程度最广的一种相机。135照相机配有强大的镜头群，操作使用灵活轻巧，机动性强，也是初学摄影和普通家庭常用的胶片相机。135胶片照相机的画幅一般是24毫米×36毫米，也有24毫米×18毫米的半幅照相机，如哈苏XPAN照相机以24毫米×54毫米画幅可以连续拍摄72张照片。

10. 什么是APS照相机?

答：APS是"Advanced Photo System"的缩写，中文意思是先进摄影系统。这是一个全新规格的摄影系统，包括相机、镜头、胶卷甚至冲扩设备，是由柯达、尼康、佳能、美能达和富士五家公司联手开发的。APS相机的主要特点是机型小巧，使用方便，使用APS胶片。由于APS相机无法利用传统的照相机和冲扩设备，胶片尺寸也较小，加上飞速发展的数码照相机的冲击，APS相机已渐渐退出历史舞台了。

11. 现有的数码单反照相机的画幅有哪几种类型?

答：现有的数码单反照相机大多是以135照相机的机身为基础加以研制的，其中大部分机型的影像传感器面积都小于135胶片的成像画幅。它们有以下几种类型：全幅面（如佳能EOS1DMarkII和佳能EOS5D等）、APS幅面（如佳能1DMarkII等）、4/3系统（如奥林巴斯E-500等）、2/3（如尼康5000和索尼828等）和1/1.8英寸。

12. 反光取景式照相机有哪几类?

答：反光取景式照相机有两种形式，即单镜头反光取景式照相机和双镜头反光取景式照相机。

13. 什么是单镜头反光取景式照相机?

答：单反照相机的取景镜头即是拍摄镜头，机身顶部有一块五棱折射镜，机箱里镜头和快门之间有一片与摄轴呈45°角的反光镜，进入镜头的光线经反光镜片的反射投到五棱镜上，再折射翻转进入取景框，按下快门钮，反光镜首先向上抬起，将平时挡住的快门暴露在镜头后，继而打开快门，光线便直接投向胶片或数码图像感应器，完成曝光。当拍摄完成后反光镜回位可继续保持取景状态，我们在取景器中见到的景物，就是底片实际获得的画面。

14. 单镜头反光取景式照相机的特点是什么?

答：相比旁轴取景照相机，单镜头反光照相机在取景器中见到的景物和底片实际获得的画面基本一致，没有视差现象，同时单镜头反光照相机具有最丰富的镜头群，可以适用于任何拍摄的需要。其缺点是：当按下快门后，反光镜向上抬起，取景器中看不到任何影像，同时出现时滞现象，不利于把握被摄对象最佳瞬间；反光镜上升过程也会出现轻微震动，对画面的清晰度会造成一定影响。

15. 什么是双镜头反光取景式照相机?

答：双镜头反光取景式照相机上有两只镜头，上面一只是取物镜，下面一只是实际拍摄的镜头。取景屏往往是一块磨砂玻璃，安在相机的顶部，观察时从上向下看，物象是正的，但左右相反。

16. 双镜头反光取景式照相机的特点是什么?

答：由于双镜头反光照相机取景物镜与拍摄镜头的位置差异，当近距离拍摄时，会出现所拍的画面与取景画面不一致的情况。

17. 根据自动化程度的不同，照相机可分为哪几类?

答：根据相机操作方式不同可以分为手动调焦照相机与自动照相机。

18. 什么是手动调焦照相机?

答：手动调焦照相机又称为机械照相机或MF（手动对焦）照相机，上个世纪80年代前的机型较常使用。一般配有机内测光系统，但曝光设置与对焦、输片等操作全部由手工完成。

19. 什么是自动照相机?

答：自动照相机又称为电子照相机或AF（自动对焦）照相机，包括传统胶片照相机和数码照相机。这种照相机的电子化程度较高，功能多样，操作便利，可以完成自动对焦和各种各样的程序曝光。

20. 根据档次不同，照相机可分为哪几类?

答：可以分为专业照相机与业余照相机。专业照相机价格昂贵，配置高档，功能完备，成像质量好，可以在恶劣环境中正常使用，能胜任不同的摄影任务。业余照相机可以满足一般性的拍摄要求，相比专业照相机，其价格低廉，有广泛的消费市场。

21. 镜头是什么?

答：镜头是照相机的一个重要部件，由一系列镀有增透涂层的光学镜片组成，它能够使足够光线进入照相机，在焦平面上产生清晰影像。成像质量的好坏是评价镜头的标准。常见的透镜组织形式有柯克型（3片3组）、天塞型（4片3组）和高斯型（4组6片）。

22. 镜头的常见分类标准有哪些?

答：现代照相机镜头种类繁多，按镜头的焦距进行的分类，可以分为短焦距的广角镜头、中焦距的标准镜头和长焦距的摄远镜头，其中也包括涵盖短焦距至中焦距的可变焦距镜头；按镜头的孔径状况进行分类，可分为大孔径快速镜头、小孔径慢速镜头。

23. 什么是焦距?

答:焦距是照相机镜头最重要的光学特性参数之一,通常是指凸透镜对远距离景物成像后,从透镜中心到聚焦后的清晰影像平面之间的距离。就镜头而言,它的实际含义是镜头对无限远的物象清晰聚焦后,从镜头后节点到像平面的距离。以135相机为例,其标准镜头的焦距为50毫米,广角镜头的焦距为28毫米。

24. 什么是固定焦距镜头?

答:固定焦距镜头具有恒定的焦距。其优点是成像质量高,一般都具有较大孔径,但其缺点是需要配置很多镜头才能满足不同的拍摄需要。

25. 什么是变焦距镜头?

答:变焦距镜头是指可以自由地在一定焦段内改变焦距的镜头。其优点是操作灵活,使用方便,可以迅速满足不同主题的拍摄需要。

26. 什么是微距镜头?

答:微距镜头也称为"Macro"镜头,用来拍摄细小物体如昆虫、花卉的特写,印章、邮票的翻拍等。专用的微距镜头成像画幅可以达到1:1的程度,也有带有微距功能的变焦镜头。

27. 什么是照相机镜头的视角?

答:视角是镜头的重要光学参数之一,它受物镜焦距和所用胶片画幅对角线长度的影响。一般情况下,使用底片尺寸相同,焦距长的镜头视角小,焦距短的镜头视角大;而焦距数值相同的镜头,大底片相机的镜头视角大,小底片相机的镜头视角小。

28. 什么是标准镜头?

答:镜头的视角在40°到55°之间称为标准镜头。标准镜头的焦距与底片的对角线长度基本相等,符合人眼观物的视觉习惯,前后景物的比例关系正常。135照相机的标准镜头的焦距是50毫米;120照相机的标准镜头的焦距是90毫米; 4英寸×5英寸大画幅照相机的标准镜头的焦距是150毫米。

29. 标准镜头的成像特点是什么?

答:标准镜头的视角和人眼视角相似,拍摄景物的透视效果符合人眼的透视标准和习惯,在摄影中应用广泛。标准镜头的特点是有效孔径大,光学性能好,画面的视觉感受真实、可信,由于其所摄画面符合人们的视觉经验,故视觉冲击力不强。

30. 什么是广角镜头?

答:视角大于60°以上的摄影镜头称为广角镜头。广角镜头的焦距小于底片像幅对角线长度。广角镜头视角范围大于人眼的视觉范围。135照相机的广角镜头的焦距是28毫米;120照相机的广角镜头的焦距是50毫米; 4英寸×5英寸大画幅照相机的广角镜头的焦距是90毫米。

31．广角镜头的成像特点是什么？

答：在环境较小的场合，使用广角镜头拍摄可以拍得更多的景物，所摄景物前后的透视变化会加大，比例比较夸张，距离近的物体变大，而距离较远的物体变小，与其他焦段的镜头相比，其景深范围要大许多。

32．什么叫鱼眼镜头？

答：鱼眼镜头前镜面呈球状突出，视角最广，一般在135°～180°之间，具有超强的画面涵盖范围，有时甚至可以将摄影者的脚也拍进画面，具有特殊的表现效果，拍出来的画面畸变严重。

33．鱼眼镜头的种类和特点是什么？

答：鱼眼镜头有圆形鱼眼和矩形鱼眼两种。圆形鱼眼的视角可达到180°，画幅结像呈圆形，四周有黑色的盲角。向上拍摄时，物体的顶部（天）在圆心位置，周边的圆线是底（地），与鱼眼观物的效果相同。矩形鱼眼的画幅尽管能充满整个底片，但横、竖直线除了穿过中心的仍保持平直以外，其余的线条都呈弧状外鼓，画面产生严重的桶形畸变，而且越靠近四边，畸变程度越厉害。

34．什么是摄远镜头？

答：摄远镜头的视角小于人眼的正常视角，它的焦距长度大于底片像幅的对角线，摄远镜头也称为望远镜头或长焦镜头。由于摄远镜头的焦距长度相差悬殊，通常把135相机焦距在120毫米以内的称为中焦镜头；把焦距300毫米以内的称为长焦镜头，把焦距在300毫米以上的称为超长焦镜头。

35．摄远镜头的成像特点是什么？

答：摄远镜头由于视角小、景深浅，有利于突出主体，在视觉上容易造成空间被压缩的感觉。适用于野生动物、日出日落特写、人物特写、体育竞技等内容的拍摄。

36．什么叫镜头的孔径？

答：镜头的孔径也称为有效口径，也就是镜头的最大光圈，常用最大光圈值与镜头焦距的比值来表示。

37．根据不同的孔径，可将镜头分为哪几类？

答：按镜头的孔径状况进行分类，镜头可分为“快速镜头”和“慢速镜头”。

38．什么叫“快速镜头”？

答：“快速镜头”是镜头孔径衍生出来的一种称谓。镜头本身是不存在速度的，不过当镜头的有效孔径比较大时，在暗光下拍摄，相机的快门速度可以提得快一点。因此，有人将大口径的镜头，比如达到F1：2.8以上的镜头称为“快速镜头”。甚至有些专业照相机可以做到1：1的孔径，但是比起小孔径镜头，大孔径镜头的价格要昂贵得多。从使用的角度看，大口径镜头的优点很多，不仅在暗光下可以用比较高的快门速度手持拍摄，也可以在平时用最大光圈提高快门速度，抓取动态瞬间，而且还可以用大光圈获得极短的景深，以突出主体。

39. 什么是手动调焦式镜头?

答：手动调焦式镜头（MF），MF是英文“Manual Focus Lens”的缩写。该镜头有光圈调节环、调焦环，需手动调节光圈和镜头对焦。适用于手控曝光和光圈优先自动曝光的相机。

40. 什么是自动调焦式镜头?

答：自动调焦式镜头（AF），AF是英文“Automatic Focus Lens”的缩写。该镜头适用于自动调焦相机，有的也可用于同厂的手动调焦相机。

41. 什么是自动程序式镜头?

答：自动程序式镜头(AP)，AP是英文“Automatic Program Lens”的缩写。该镜头只有调焦环，没有光圈环，光圈大小由照相机自动调节，只能配程序式AE照相机，不能用于手动曝光相机。

42. 什么是特殊效果镜头?

答：特殊效果镜头指一些为了满足特殊的拍摄需求而研制的具有特殊功能的镜头。特殊效果镜头主要有微距镜头、PC镜头、防抖动镜头、柔焦镜头等。

43. PC镜头的特点是什么?

答：PC镜头也叫移轴镜头，前镜片组的轴可作上下左右的移动，筒身可作360°转动，适用于拍摄建筑或带有直线条的物体，在用俯、仰角度拍摄时可以消除线条汇聚的变形，而保持原景物的平行效果。

44. 防抖动镜头的特点是什么?

答：防抖动镜头设有独立的影像稳定器，开启使用后，可以减轻因震动或轻微抖动而产生的成像模糊程度，从而使手持拍摄的快门速度可以相应地放慢两级。

45. 柔焦镜头的特点是什么?

答：柔焦镜头也称软焦镜头。用柔焦镜头拍摄出的影像带有柔和的光晕，这种光晕通常是画面中的强光部分向四周弥散。柔焦镜头特别适于人像和风光摄影，用它拍摄出来的人像照片不仅柔和悦目，而且能掩饰被摄者脸上或皮肤上的某些缺陷，如皱纹、雀斑等；用它拍摄出的风光照片则充满梦幻和浪漫的情调。

46. 什么是数码镜头?

答：数码镜头也称为D（EF-SDX、Di或DG、DA、DC）镜头，主要用于数码单反照相机。主要有APS尺寸的12～24毫米、10～22毫米、16～35毫米（须乘以1.3～1.7的镜头倍率）和4/3系统的7～14毫米（2倍率）变焦，10.5毫米（180°鱼眼）和14毫米（21毫米）定焦。

47. 什么是像差?

答：像差是因镜头设计和制造上的局限，使所摄照片的景物与原有物体形状产生差异。镜头的像差有球差、慧差、像散、场曲、畸变和色差等。

48. 镜头镀膜的作用是什么?

答：现代镜头通过镀膜来提高像质。镀膜后的镜头，可以减少镜片表面反光所形成的杂光，提高光线透过率，不仅成像清晰度高，而且色彩还原更为准确。多层镀膜的镜头质量比较高。

49. 非球面和低色散镜头各有什么用途?

答：非球面镜片改善球面像差，常用于广角镜头；低色散镜片和萤石镜片，降低镜头的色散，称为复消色差镜头，以长焦距望远镜头为多。

50. 镜片和透镜组的关系?

答：为减少镜头的光行差（即像差），镜头往往由多片透镜制成，即将一些凹透镜与凸透镜组合成组，再由多组镜片构成镜头。一般说来，镜片越多，透镜组越多，镜头质量就越好。

51. 镜头卡口的作用是什么?

答：镜头的卡口是机身和镜头的连接固定装置。与所用的相机匹配的，各个相机设计的卡口互不相同。 如尼康相机有F、AI、AF卡口；佳能照相机有FD、EF卡口；奥林巴斯有OM卡口。

52. 什么是感光材料?

答：感光材料是摄影过程中记录光学影像的媒介和摄影影像的载体。

53. 感光材料大体可分为几类?

答：感光材料的种类较多，大体上可分为卤化银体系、非常规卤化银体系及非卤化银体系三类。

54. 按规格种类分，感光胶片可分为哪几类?

答：按种类分为页片和胶卷。页片是单张的，用铝铂纸袋分装成盒，用于大型座机。胶卷配合不同相机，常用规格有120和135等。胶卷是卷装的，135胶卷用铁皮暗盒包装，专供35毫米相机使用，边沿带有齿孔。120胶卷用黑色衬纸保护，可以连续进行多张拍摄。按规格分，页片尺寸有4英寸×5英寸、6英寸×8英寸、8英寸×10英寸等。120胶卷供中画幅相机使用，可拍6厘米×6厘米、6厘米×4.5厘米、6厘米×7厘米、

6厘米×9厘米和6厘米×17厘米不同规格画面。135胶卷的画幅尺寸为24毫米×36毫米，一卷可拍36张，也有可拍24张的。

55. 什么是正片?

答：相纸和正性的透明胶片都是正片。它经过与负片印相或放大，可得到具有正性影像的透明片，一些大型的灯箱广告，就由彩色正片放大制做而成。彩色正片不能用来直接拍摄；黑白正片除用于翻拍黑白原稿外，不宜拍摄人像和风景等。

56. 什么是负片?

答：负片是一种负性感光材料，经过拍摄和冲洗之后，得到明暗关系与原被摄体相反的透明影像。被摄体最亮的部位，在负片上最不透明；被摄体最暗的部位，在负片上最透明。如果是彩色负片，底片上的明暗关系不仅与原景物相反，色彩也不一样，表现为原被摄体的补色。用负片拍摄的底片，需要经过再一次印相或放大，或者经过数字化处理，才能获得与被摄体明暗和色彩一致的影像。

57. 什么是反转片?

答：反转片可以用来直接拍摄，经过特殊的显影，能够直接获得与被摄体明暗相同、色彩相同（指彩色反转片）的透明影像。影像清晰度好，色彩饱和度高，细部层次丰富，适合制版印刷或直接观赏。使用特制的反转放大纸，也可以把反转片拍摄成的影像放大制作成照片。反转片和正片是两种不同的胶片。

58. 按感色性分，感光胶片可分为哪几类?

答：按不同的感色性分，可分为全色片、色盲片、分色片和红外片。

59. 按不同的用途分，感光胶片可分为哪几类?

答：根据不同的用途，胶片可分为负片、反转片和正片，其中负片最为常见。

60. 按所适用的光源分，感光胶片可分为哪几类?

答：相对于光源色温，彩色片有灯光型和日光型之分，不同类型的胶片有不同的色温平衡值，当光源的色温与胶片的色温平衡值一致的时候，物体的色彩可以得到准确还原。日光片适宜在阳光、闪光灯或5400K色温的光源下拍摄，灯光片适合在灯光或3200K色温的光源下拍摄。

61. 感光胶片有哪两部分组成?

答：感光胶片由感光乳剂膜和片基两大部分组成。

62. 什么是感光度?

答：感光度也称为片速，体现了胶片对光的敏感程度，是胶片的重要性能之一，它直接影响到摄影曝光量的确定，还影响到胶片其他照相特性的显现。国际感光度统一标定方式是ISO制。

63. 按感光度分，感光胶片可分为哪几类?

答：按感光度分，感光胶片可分为：(1)慢速片　ISO50/80° 以下的胶片称慢速片。(2)中速片　ISO64/19° 至ISO125/22° 之间的胶片称中速片。(3)快速片　ISO160/23° 至ISO320/26° 之间的胶片称快速片。(4)特快片　ISO400/27o以上的胶片称特快片。(5)多速片　ISO100/21° 至ISO1600/33° 之间可任意选定一种片速使用。

64. 什么叫颗粒度?

答：颗粒度是指银盐颗粒的大小和分布的均匀程度。

65. 什么叫反差?

答：摄影反差包含了两个方面的内容：一个是实际景物的亮度差，这是指景物受光照射后明暗部位的亮度差别，第二个是影像的明暗差，包含了底片的密度差和照片的影调差。

66. 什么叫宽容度?

答：宽容度是指胶卷按比例记录景物明暗范围的能力，这种比例是指曝光量与底片密度的增加，它们成正比例关系，胶卷记录的明暗范围越大，宽容度就越大，反之就越小。

67. 什么叫解像力?

答：解像力又叫鉴别率或分析力，指感光材料分辨细部的本领。

68. 数码照相机的工作原理是什么?

答：用数码照相机拍摄时，景物通过照相机镜头聚焦在CCD芯片上。CCD芯片把影像分解为成千上万的像素，并转换为电流信号。电流信号通过模数转换器转换为二进制的影像数据，存贮在照相机的存贮器中，即完成了一张照片的拍摄。

69. 数码照相机的图像感应器指的是什么?

答：图像感应器接受镜头进入的光学图像，图像处理器将这些电子信号转换成数字信号，并进行复杂的信息处理，然后存入存储器(卡)。数码照相机的图像感应器主要有两种：CCD和CMOS芯片。

70. 什么是CCD图像感应器?

答：CCD(Charge Coupling Device)是一种感光元件，是数码照相机的心脏。CCD感光元件表面具有储存电荷的能力，并以矩阵形式排列。当光线照射到其表面时，会将电荷的变化转化为电信号，整个CCD上所有感光元件产生的信号经过计算处理，就可以还原成一个完整的图像。

71. CCD图像感应器的特点是什么?

答：CCD的优点是分辨率高（最高像素达几千万），动态范围大，灵敏度高，噪音小，信噪比高，图像纯净，色彩还原较好，广泛应用于专业领域的数码相机。但是生产工艺复杂、成本高、功耗高。

72. 什么是CMOS图像感应器？

答：CMOS影像传感器是用CMOS（互补金属氧化物半导体）器件与数字处理电路整合在一起做成一个芯片。

73. CMOS图像感应器的特点是什么？

答：CMOS的制造难度低，集成度高、功耗低（不到CCD的1/3）、成本低，制造价格上比CCD有更大的优势。但是图像噪音比较大，灵敏度较低，对光源要求高。

74. 影响图像感应器成像的因素有哪些？

答：影像感应器件成像的因素主要有四个方面：一是像素数；二是感光器件面积；三是动态范围；四是感光器件的色彩深度。

75. 像素数指什么？

答：像素数是标志数码照相机档次的一个重要的关键指标。像素数高，图片幅面大，成像画质好；像素数低，图片幅面小，成像画质也比较差。

76. 感光器件的面积指什么？

答：感光器件面积即图像感应器的尺寸，是直接影响图像质量的一个重要因素。在像素数相等的情况下，图像感应器的尺寸越大，受光面积愈大，同样像素时单个像素尺寸就大，于是噪音小，各像素间的干扰也小，能记录更多的图像细节，成像质量越好。

77. 动态范围指什么？

答：动态范围指的是照片所能容纳的灰度级别和色彩数量。动态范围大，记录和反映明、暗部位的层次和级别就多；动态范围小，记录了亮部的色彩和层次，暗部的色彩和层次就有损失，而记录了暗部的色彩和层次，亮部的色彩和层次也会损失。数码照相机的动态范围与影像传感器的面积有着直接的联系，一般尺寸较小的影像传感器的动态范围都比较小，要获得较大的动态范围，就要增大影像传感器的尺寸，而大尺寸影像传感器的价格是比较贵的。

78. 感光器件的色彩深度指什么？

答：感光器件的色彩深度也称为色彩位，是指用多少位的二进制数字来记录三种原色。非专业型数码照相机的感光器件一般是24位的，高档的采样时是30位。

79. 什么是存储卡？

答：存储卡是用来存储数码图片的介质，是一种半导体器件，体积小、耗电省，数据的存取速度快，保存性好。在数码照相机中存储卡相当于胶卷，但又不同于胶卷，因为它不影响最终图片形成的质量，但却影响拍摄和生成的速度。

80. 常见的存储卡有哪些类型?

答：数码照相机的存储卡有很多种类，常见的有CF卡、SD卡、MMC卡、记忆棒、SM卡、XD卡和MicroDrive（小硬盘）等。

81. CF存储卡的特点是什么?

答：CF卡采用闪存技术，容量大、读写速度快、价格低廉，存储的数据无需电池维持，稳定性、安全性和保护性都很高，成为大多数数码照相机的首选存储介质；CF卡具有良好的兼容性、扩展性与开放性；CF卡的最大弱点是它的体积略微偏大。

82. SD存储卡的特点是什么?

答：SD卡由东芝、松下和美国SanDisk公司共同研发的全新的存储卡产品，直译名是“安全数字卡”。SD卡体积小巧，是现在流行的超薄数码照相机的追捧对象。

83. MMC存储卡的特点是什么?

答：MMC卡由SanDisk和西门子于1997年联合推出，意为“多媒体卡”，可广泛用于数码照相机、MP3、手机、GPS全球定位系统、掌上电脑等，这是一种Mask ROM，具有编码特性，可有效防止盗版。MMC卡抗震、耐冲击，可以反复进行读写记录达30万次以上，容量从32MB到1G都有。

84. 记忆棒的特点是什么?

答：现有的记忆棒有四种规格：Memory Stick；Memory Stick PRO1；Memory Stick Duo；Memory Stick PRO Duo。具有极高稳定性和版权保护功能，价格比同容量的其他存储卡贵。

85. SM存储卡的特点是什么?

答：SM(Smart Media)卡最早由Toshiba（东芝）公司推出，并被奥林巴斯、富士等公司用作其数码照相机的存储器件。它结构简单，自身不包含控制电路，读写操作全依赖于使用它的设备。虽然做得很薄，在便携性方面优于CF卡，但兼容性差。

86. XD存储卡的特点是什么?

答：XD卡由奥林巴斯和富士公司联合推出，体形极小，存储容量最高可达8GB。XD唯一的缺陷是价格贵。

87. 微型硬盘的特点是什么?

答：微型硬盘的容量大，体积小，重量轻，使用便利。但它是一种硬盘，内部有运动部件，电能耗较大，而且抗震性差，易受磁场和静电的干扰，数据保存的可靠性也低，使用或存放中稍有不慎，极易受损，给图片的拍摄和存储带来无可挽回的损失。

88. 照相机包含哪几大系统?

答：照相机主要由三大系统组成，即成像系统、调节系统、记录系统。

89. 调节系统的主要功能是什么?

答：调节系统的主要任务有成像调节、光量测定、光量控制。

90. 什么是手动对焦?

答：手动对焦是通过摄影者人工调节达到清晰对焦的目的调焦方式（如MF镜头）。

91. 什么是自动对焦?

答：自动对焦是自动相机的一个重要功能，就是无需人工对焦，由照相机自动完成对焦，对焦速度十分快捷。

92. 什么是光圈?

答：光圈是在镜头中间由数片互叠的金属页片组成的可变孔径的光阑。

93. 光圈的作用是什么?

答：光圈能限制镜头的进光量，光圈开度的大小直接影响感光胶片上的照度；改变光圈不仅可以改善成像质量，还能调节景深。

94. 什么是快门?

答：快门是控制感光片曝光时间的装置。照相机上通常有一系列标记：1、2、4、8、15、30、60、125、250、500、1000、2000等。它们被刻写在快门速度盘上，它们的实际值应是被标定值的倒数，即1/2、1/4、1/8……

95. 快门的种类有哪些?

答：快门一般分为中心快门（即镜间快门）和焦平面快门（即帘幕快门）。

96. 什么叫镜间快门?

答：镜头中间快门，通常简称镜间快门或中心快门。它由多片极薄的金属片制成，装配在镜头透镜组中间，与机身内的齿轮弹簧相连，用快门按钮操纵开启和闭合。镜间快门的优点是：结构精密，效能较高；拍摄任何快速运动的物体时不致产生变形；使用闪光灯拍摄时，不受快门速度的限制，用任何一档速度都可使感光片全面感光。其缺点是：快门通光量的效率是随着光圈的大小和速度的高低而变化的，当光圈开孔大、快门速度高时，通光效率就低。

97. 什么叫帘幕快门?

答：焦点平面快门，通常称作帘幕快门。它用特制的黑色胶质绸布或金属帘片制成，装配在机身后部，紧贴在镜头焦点平面处，并在感光片的前面与其平行。焦点平面快门是通过帘幕上裂口的移动进行曝光的。帘幕快门的优点是：结构严密，速度较高；帘幕紧靠感光片的裂口由底片一端到另一端，快门速度高低都可均匀感光，通光量不受影响，不会产生镜间快门那种大光圈、高速度时可能曝光不足的现象。其缺点是：速度愈快，变形的程度愈严重。

98. 数码照相机设定白平衡的作用是什么?

答：设定数码照相机的白平衡就像传统照相机选用不同色温平衡值的胶卷一样，为了确保所摄画面的色彩得到正确还原，数码照相机在不同色温的光源下应进行白平衡调整。

99. 什么是数码照相机的白平衡?

答：数码照相机拍摄采用以求取标准白色还原的数码曝光补偿来校正色温带来的色差，这就是数码照相机的白平衡调整。一般数码照相机都有自动白平衡、预置档白平衡和自定义白平衡三种方式。

100. 数码照相机有哪些常用的格式设定?

答：数码照相机都有不同的图像格式，如无损的RAW、TIFF和进行压缩的JPEG格式，RAW格式文件量比较小，但必须在专用软件中观看，并可以重新调整白平衡和进行色彩的对比度调整，最后将图片转换成TIFF或JPEG格式；TIFF格式文件量比较大，但可以在读图软件中直接观看和制作；JPEG是图片交流、存储的常见格式，文件量最小，还可以进行不同比率的压缩，如果对图片的幅面和精度要求不太高，就可以选择压缩的JPEG格式，不同压缩比率状态下的图像分辨率（精度）是不同的。

101. 什么叫曝光?

答：曝光指光圈和快门相互配合，分别控制进入镜头的光线强度和胶片感光时间长短，使被摄物象在相机的感光胶片或记录媒介上得到最佳表现的过程。

102. 什么是正确曝光?

答：一张照片如果影调丰富、层次分明、质感较强、清晰度高，景物中较亮和较暗部分的影纹也能分辨，这就是曝光正确的照片。

103. 什么叫EV值?

答：EV值也称曝光值，它是描述胶片曝光量的一个量值，代表着曝光单位，每相差一个数字，曝光量就相差一级。

104. 影响曝光的主要因素有哪些?

答：影响曝光的主要因素除了胶卷感光度、光的照度与景物的亮度以外，还有光的照射方向、光源与被摄体的距离、光的色温影响。

105. 什么叫外测光?

答:在外测光方式中,测光元件与镜头的光路是各自独立的。这种测光方式多用于平视旁轴取景式镜头快门照相机中,它具有足够的灵敏度和准确度。单镜头反光照相机一般不使用这种测光方式。

106. 什么叫内测光?

答:内测光是通过镜头来进行测光,即所谓TTL测光,与摄影条件一致,在更换相机镜头或摄影距离变化、加滤色镜时均能进行自动校正。目前几乎所有的单镜头反光相机都采用这种测光方式。

107. 测光的基本原理是什么?

答:测光的基本原理是利用测光表,通过光敏元件将光能转换为电能,并以指针式、数字式的方式显示读数来作为摄影曝光组合的依据,获得所需的曝光效果。

108. 机内测光模式分为哪几种类型?

答:机内测光模式分为平均测光,中央重点平均测光,局部测光;多区域权衡测光;立体矩阵测光,彩色立体矩阵测光;点测光,多点测光。

109. 测光表的主要测光方法是什么?

答:测光表的主要测光方法是亮度测光法和照度测光法。

110. 什么是亮度测光法?

答:亮度测光法又称反射光测光法,就是测定被摄体反射光的强度。测光时要将测光表置于相机的位置,将测光的光敏元件对准需要拍摄的景物进行测量。它受物体反光率的影响。

111. 什么是照度测光法?

答:照度测光法又称入射光测光法,是测量入射光强弱程度的方法。测光时要将测光表置于与被摄体相同的受光位置,它不受物体反光率的影响。

112. 什么是灰板测光法?

答:灰板法是直接对着反光率为18%的标准灰板测光,平均测光应靠近灰板并将其充满画面,点测光只需把测光范围落在灰板内,这是最准确的测光方法,测定后的曝光数据可以直接用于拍摄,不用作加减曝光补偿。当然,灰板的光照条件与受光方向应该与被摄主体相一致。

113. 自动照相机的曝光模式分为哪几类?

答:自动照相机的曝光模式主要有手动模式、光圈优先模式和快门优先模式。

附录　摄影技术问答

114. 什么叫手动曝光模式?

答：手动曝光模式是指由人工设定光圈、快门速度，曝光效果完全由摄影者控制。使用影室灯进行拍摄时，多选用此档。

115. 什么叫光圈优先曝光模式?

答：光圈优先曝光模式是指由摄影者根据拍摄条件，先确定光圈数值，然后由照相机选取相应快门速度进行拍摄工作的曝光模式。

116. 什么叫快门优先曝光模式?

答：快门优先曝光模式指由摄影者根据拍摄条件，先确定快门读度，然后由照相机选取相应光圈值，进行准确曝光的模式。

117. 什么叫程序式曝光模式?

答：程序式曝光模式指不需要预先调定光圈和快门速度，照相机会根据光线强弱、画面景深自动确定合适的光圈和快门速度的组合的曝光模式。

118. 什么是曝光补偿?

答：曝光补偿指的是完成测光，设定光圈与快门之后，根据周围拍摄条件的需要，对曝光作额外的加减设定。

119. 光线在摄影中所起的作用是什么?

答：光线是摄影中最重要的表现语言之一。无光就无影。光线在摄影中的主要作用有：表现物体的结构和颜色；表现物体的空间位置；制造特定的气氛。

120. 按光源存在形式，可以将光线分为哪几类?

答：按照光源的存在形式大致可以分为两种：自然光和人工光。

121. 什么是自然光?

答：自然光是指自然界原本存在的光源，如太阳光、星光、月光等。自然光受时间、天气、季节、地域、环境等诸多因素的影响。

122. 什么是人工光?

答：人工光是指由人工制造出来的光源发出的，如灯光、火柴光、蜡烛光、闪光灯的闪光等。人工光的强弱受到灯的功率指数、摄距、周围环境等因素的影响。

123. 什么叫硬光?

答：硬光是点光源发出的直射光，如阳光、聚光灯光、闪光灯光等。被照射的物体明暗反差大，有清晰的阴影和明显的阴影方向性。

124. 什么叫软光?

答：软光是面光源，或经过某些介质阻挡的透射光和反射光。如阴天的散射光，影棚内加柔光箱的光源。软光基本没有投影，或者投影不明显，影调柔和，无明显的阴影方向性。

125. 什么是色温?

答："色温"不是指色彩温度，而是指光的颜色。从理论上说，色温是指绝对黑体从绝对零度（-273℃）开始加温后所呈现的颜色，以开尔文（K）温标计量。色温高的光源偏蓝色，色温低的光源色性偏暖，正午阳光的标准色温是5400K，卤素灯的标准色温是3200K。

126. 按不同的光位，可以将光线分为哪几类?

答：在确定机位之后，以被摄体为圆心，在水平线和垂直面各作一个圆周，可将光位划分为顺光、前侧光、侧光、后侧光、逆光、顶光以及脚光等。每种光位因位置的不同又可分为高位、水平位和低位光。

127. 顺光的造型特征是什么?

答：顺光是指光源照射方向与照相机拍摄方向一致的光线，又称"正面光"。顺光的特点是被摄体受光均匀，能比较完整地反应被摄体的色彩关系，但缺乏立体感和空间感，对质感表现力也较弱，影像明暗反差小。

128. 侧光的造型特征是什么?

答：侧光是左右两侧射向被摄物体的光线，有明显的亮部和暗部，物体的立体感强，能较好地表现粗糙物体的质感。通常分为正侧光、前侧光和后侧光三种。正侧光特点是被摄物体受光明暗各半，前侧光是表现立体感最佳的光线。后侧光能产生较强的空间深度感。

129. 逆光的造型特征是什么?

答：逆光也称轮廓光，是从被摄体背面照射过来的光线，常可以出现戏剧性的效果。与后侧光一样，逆光可以产生空间层次感，在逆光位使用硬光源，能够表现被摄体的轮廓美。

130. 顶光的造型特征是什么?

答：顶光是指来自被摄体顶部正上方的光线，如正午的阳光。景物呈现的特征是上亮下暗，运用得当，是一种极具表现力的造型方法。

131. 什么叫室内现场光，它主要有哪几种类型?

答：室内现场光是指被拍摄的现场中已经存在的一切光线。它包括了室内自然光、室内灯光和室内混合光等。对于此种光线，周围的环境、光线光比的关系、色温平衡以及光线折射入镜头都会影响成像的质量。

132. 什么叫光比?

答：光比是指被摄体的亮部与暗部之间的比值，是摄影用光的重要参数。光比大，明暗关系清晰，影像层次少，反差大；光比小，影像层次丰富，反差小。若光比反差超出影像记录的宽容范围，则会造成层次压缩、丢失。

133. 什么叫模糊圈?

答：离开聚焦点前后的其他景物在胶片上会呈现不同直径的光圈，这个光圈就被称为"模糊圈"。

134. 什么叫景深?

答：景深是指在所调焦点前后延伸出来的"可接受的清晰范围"，通常说就是拍摄景物从远点清晰至近点清晰的范围。

135. 影响景深的因素有哪些?

答：景深的大小受光圈的大小、焦距的长短和物距（拍摄距离）远近的制约。

136. 光圈与景深的关系是什么?

答：光圈越小，景深越大，影像清晰范围越小；光圈越大，景深越小，影像清晰范围越大。

137. 焦距和景深的关系是什么?

答：镜头焦距越短，景深越大，画面的模糊度就越小；镜头焦距越长，景深越小，画面的模糊度也越大。

138. 物距（拍摄距离）与景深的关系是什么?

答：相机离被摄体越远，景深就越大；反之，景深就越小。

139. 什么叫超焦距?

答：超焦距也叫超焦点距离，将相机对准无穷远处聚焦，根据景深的原理，从无限远到距离相机镜头的某一点，会出现一个景深范围，我们把从镜头景深近界限的距离称为超焦距。

140. 什么是摄影构图?

答：摄影构图是指借助在取景时诸如相机的距离、主体的大小、拍摄的角度、透视和空间的表现等方面的处理，对摄入画面的景物进行合理地安排，把被摄的主体、陪衬体和环境组成一个整体，构成完美的画面，从而揭示主题的一种表现语言。

141. 影响构图的因素有哪些?

答：拍摄距离和角度、画幅的横竖、主体在画面中的位置、前景和背景的安排、画面的明暗关系，以及色彩组合等都能影响画面的构图。

142. 仰视拍摄具有什么样的视觉特征?

答：相机位置低于被摄体的水平高度叫仰拍。拍摄时相机向上取景，被摄对象多被抬高并得到夸张。主体人物突出，给人以雄伟、高大的感觉。

143. 俯视拍摄具有什么样的视觉特征?

答：相机位置高于被摄体的水平高度叫做俯拍。拍摄时取景轴线向下。在拍摄较大场面和场景时，能囊括众多的拍摄对象，体现丰富的景物层次和深远空间，增强画面的纵深感，给人以开阔的感觉。

144. 什么是摄影的主体?

答：主体指画面的主要表现对象，在画面中应占据显著位置，给观众鲜明的印象，通过它能使观众正确理解照片的思想内容。

145. 什么是摄影的陪体?

答：陪体指在画面中烘托主体，间接表现照片主题思想内容、景物或人物。

146. 主体与陪体的关系如何?

答：主体与陪体是画面中的主次表现对象，主体是主题思想的体现者。要突出主体必须处理好陪体，使陪体更好地为主体服务，烘托主体，共同深化画面主题内容。

147. 前景的作用是什么?

答：前景能帮助观赏者对所摄画面的时间、地点和环境有所了解；能引导观赏者的视线，使主体突出；能增加画面的深度，使被摄景物的形体、明暗、色彩对比加大，增强画面的纵深感；还可以阐明画面主题，有美化画面的作用。

148. 背景的作用是什么?

答：背景有助于说明主题，营造气氛及环境；背景同样能衬托主体，增加画面深度，平衡和美化画面。

149. 什么是空气透视?

答：空气透视的特征是近浓远淡，近暗远亮，近暖远冷；近的反差大，远的反差弱。

150. 什么是焦点透视?

答:焦点透视的基本特征是近大远小,运用照相机镜头特有的物理特性,轻松地获得同类景物大小变化的画面,从而形成深远感。

151. 色彩的三属性指什么?

答:色相、明度和饱和度是色彩的三要素,是色彩识别和分类的基本依据。

152. 什么是色相?

答:色相是指色彩给人们视觉上某种特定的感受,色别与光谱成分(波长)有关。从光学意义上讲,色相差别是由光波波长的长短产生的,即使是同一类颜色,也能分为几种色相。如黄颜色可以分为中黄、土黄、柠檬黄色等。色相是色彩的首要特征,是区别各种不同色彩的最准确的标准。

153. 什么是明度?

答:色彩的明度是指物体表面对色光的反射程度,反映了辐射的强度功率。反射的色光越多,物体表面的色彩越明亮,明度越高;反射的色光越少,色彩越深暗,明度就越低。无彩色中,白色明度最高,黑色明度最低。有彩色中黄色的明度最高,蓝紫色的明度最低。总的来说,亮色明度高,暗色明度低。

154. 什么是饱和度?

答:饱和度也称"纯度",指色彩的纯粹程度。饱和度表示色相中灰色分量所占的比例,它使用从0%(灰色)至100%(完全饱和)的百分比来度量。它与物体的表面结构、光线的照明以及空气介质的密度有密切的关系。

155. 黑白摄影滤色镜的主要作用?

答:黑白摄影滤色镜的主要作用是校正颜色;调节空气透视;调节反差、突出主体;调整影调、营造气氛。

156. 滤色镜的滤光原理是什么?

答:与滤色镜颜色相同的色光通过或大部分通过,与滤色镜颜色相邻的色光部分通过,其余色光被阻止或部分被阻止。

157. 滤色镜可分为哪几类?

答:按用途分,滤色镜可以分为黑白摄影滤色镜,彩色摄影滤色镜,黑白、彩色通用滤色镜和特殊效果滤色镜。

158. 彩色滤色镜可以分为哪几种类型?

答:彩色摄影滤色镜主要分为三类:胶片转换滤色镜、光线平衡滤色镜和颜色补偿滤色镜。

159. 根据拍摄主体和拍摄内容，可将摄影分为哪几类?

答：根据拍摄主体和拍摄内容，摄影主要可以分为艺术摄影、人像摄影、商业摄影、风光摄影和新闻摄影等。

160. 什么是艺术摄影?

答：艺术摄影是摄影家借助于照相机及辅助器材，通过大量的社会实践和艺术实践，构思画面，以源于生活、高于生活的艺术手法反映社会生活与自然景物，从而表现作者内在的思想感情和文化素养的一种创作活动。

161. 什么是商业摄影?

答：商业摄影是一门以传达商业信息为目的，服务于商业行为的图解性摄影艺术和摄影技术，是以现代最新科技成果为基础，以当今影像文化为背景，以视觉传达设计理论为支点的一种表现手段。

162. 什么是风光摄影?

答：风光摄影是将自然景观与人文景观作为拍摄主体，并着重描绘其美妙之处，是抒发个人思想感情的一种创作活动。

163. 什么是人像摄影?

答：人像摄影是将现实中各种状态下的人物作为拍摄主体，通过描绘其外貌形态来反映其内心世界与精神面貌，或表现人物在某些特定场景中的形象。

164. 什么是新闻摄影?

答：新闻摄影是运用摄影手段，选择记录正在发生的具有报道价值的新闻事实，并结合一定的文字说明来进行报道的一种形式。

165. 数字摄影系统由哪三部分组成?

答：数字摄影系统由输入、影像处理和输出三部分构成。

166. 数字输入设备包括哪些?

答：数字输入设备包括数码照相机、扫描仪、光盘驱动器、电视摄像机等。

167. 数字输出设备包括哪些?

答：数字输出设备包括彩色打印机、显示器、胶片录入仪、光盘刻录机等。

168. 影像处理部分设备包括哪些?

答：影像处理部分设备包括计算机和装载在计算机内的图形处理工具软件。

注：本书尚有部分引用的图片因客观原因无法与作者联系，敬请作者见书后与编著者联系，并由编著者转呈稿酬，特此致以谢意。

参考书目

《插图摄影》 安东尼奥·洛萨皮奥、特德·施瓦茨编著 浙江摄影出版社
《A·亚当斯论摄影》 谢汉俊编著 中国摄影出版社
《黑白摄影艺术》 马丁·L·泰勒编著 浙江摄影出版社
《大学摄影基础教程》 彭国平编著 浙江摄影出版社
《摄影技艺教程》 颜志刚编著 复旦大学出版社
《美国 icp 摄影百科全书》 中国摄影出版社
《摄影师的视觉感受》 施特勒贝尔等编著 陈建中译 中国摄影出版社
《新摄影手册》 约翰海吉科编著 浙江科学技术出版社
《新现代摄影》 邱志坚编著 影像视觉艺术事业有限公司
《大学广告摄影设计教程》 方肃编著 浙江摄影出版社
《广告摄影》 张西蒙编著 中国轻工业出版社
《后现代摄影》 顾铮编著 江苏美术出版社

作者简介

罗戟 1982年毕业于南京艺术学院。现为南京师范大学美术学院摄影系主任、副教授、硕士生导师。

胡中节 1986年毕业于南京师范大学美术学院。现为南京师范大学美术学院副院长、副教授。